U0532377

王海棠 著

爱无止息

不只是孕育笔记

山东文艺出版社

献给生命

自 序

二十四岁，生大宝；四十二岁，生二宝。

二十四岁，懵懂的我不懂如何做母亲；四十二岁，沧桑的我渴望再次做母亲。

大龄的我，赶上了"二孩政策"的末班车，在带着创痛孕育二孩的过程中，读懂了生命、母性、亲情以及"中国式家庭"……

曾经以为，我是在"养育儿女""陪伴孩子成长"，后来才发现，是儿女在培养我，陪伴我成长。

与儿女同行，历经生活的千锤百炼、拷打拷问之后，我开始重新发现自我，发现生活。

这本约十一万字的作品，不仅是一个大龄母亲孕育的真实记录，更是一个女性的成长自述，是一个女性的自我发现报告。愿以此与人间烟火中的您共同思考和探讨。

在工作与生活的夹缝中断续地写作，直拖到二孩时代热点不再，三孩时代来临。但，不论二孩、三孩，不论什么时代，总有一些东西是不变的，值得一直去追寻和探索。

这些粗浅琐碎的文字，给孩子，给自己，给所有的母亲，也给曾经的那个"二孩时代"。

我真正的人生刚刚开始。

生命无价，生活万岁！

是以为序。

王海荣

2021 年 10 月

目 录

上篇　呼唤

湖边落下一颗星
　　2015 年秋末的那个夜晚，一个消息像星星坠入湖水 / 3

世界上最好的三个爸爸之一
　　除了孩子，还有什么更好的礼物？/ 9

致安琪儿的忏悔信
　　我，一个不合格的母亲 / 16

安琪儿的弟弟
　　想象中的弟弟——你未来，爱已在 / 28

手足，手足
　　那些兄弟姐妹的事 / 34

生命的暖屋
　　子宫之伤——女性的伤痕与坚韧 / 39

中药苦口
　　备孕的那些人，那些事 / 46

小区里那对奇怪的夫妻
　　好的生活方式是拯救自己的良方 / 52

铿锵二胎党，求子进行时
　　现代科技手段与顺其自然 / 58

天上有颗星
　　与一个遥远生命的呼应 / 63

中篇　孕育

好孕（运）来
　　感谢你选中了我们 / 71

痛苦与幸福相携而行
　　孕期反应点滴汇 / 78

男耶？女耶？
　　2016 年世界最大的悬念 / 84

做个强大的孕妈
女子本弱，为母则刚 / 90

孩子，妈妈相信你
爱就是全然的信任与接纳 / 96

跟爸妈一起等弟弟
这个姐姐很暖 / 103

生命之舟遭遇飓风
那个惊险交加的傍晚 / 109

生门，死门
天使宝宝们的艰险投胎路 / 116

蹦诞记
一波三折的最后收笔 / 121

相望与思念
母子分离的七个日夜 / 126

保温箱里的小树
站在保温箱前那一瞬，内心突然平和而坚定 / 133

写给医院的感谢信
我所理解的医疗之义 / 138

下篇 新生

再为人母
　　我和你互为天堂 / 147

妈妈与奶奶的战争
　　两代人新旧育儿观的冲突 / 155

为你，千千万万遍
　　只有亲尝这些琐碎和重复，才能理解爱 / 165

安琪儿和蹦蹦的日记
　　我看着你长大，你看着我变老 / 171

既生琪，何生蹦
　　一个家庭，两个"独生子女" / 177

二胎时代的焦虑
　　房子、上学、就业及其他 / 183

让生活回归生活
　　21世纪最大的灾难，不是流星撞击地球，而是工作侵占生活 / 190

寻常的错过
　　错过彼处，圆满此处，唯你不容错过 / 197

永远的保姆
  伟大的中国父母 / 201

一松手就是一生
  三十年前的寻人启事——失落的小太阳 / 208

你是我们的救世主
  谁造就了谁？/ 216

孩子，你慢慢来
  给成长一份耐心，还岁月一份从容 / 222

终于分离
  结语，或序章 / 229

后记与尾声
  生命记录及其他 / 235

上篇

呼唤

湖边落下一颗星

2015年秋末的那个夜晚，
一个消息像星星坠入湖水

那个夜晚，我和琪爸在小区旁的湖边锻炼。夜扯着藏青色的幕布，上面趴着几颗碎星，湖面上漾着远近灯火的辉光。

我慢跑，琪爸快走，我前他后，重复着每晚都走的路线。一年前琪爸因高血压发作瘫倒两次后，锻炼就成了我们每晚必做的功课。四十多岁，正是亚健康容易亲近的年岁，健身，成为我们"垂暮人生"的自救方式。

那一年，琪爸四十四岁，我四十一岁，我们十六岁的女儿安琪儿在寄宿高中。白天我们分头去上班，晚上和周末，老夫老妻相守无事，于是双双成了"沙发土豆"——琪爸看冗长的电视剧，我沉浸于书本或网络。日子一成不变地重复着，生活如一潭死水。未来毫无悬念，已然看到了自己十年之后的样子。

灯火阑珊，湖面幽静深沉，偶尔有鱼噗噗响动。跑至大桥，扶着桥栏，对着湖面发呆，微小的我沉入了莫测的浩瀚中。每到这样的时刻，我心里禁不住要发些陈子昂登幽州台时的感慨。

远处，琪爸点亮了手机，亮光在向这边移动。突然，那亮光跳跃起来——他朝我奔跑过来。

"二孩……全面放开了！"他上气不接下气的，兴奋不已。

这个消息像一颗星坠落在湖水中，激起了一湖的星光。湖里，周围，全世界，都荡漾着肉眼看不见的巨大涟漪，将我们裹入其中。

我们的生活就此改变。

那一天是 2015 年 10 月 29 日。

那天，中共十八届五中全会在北京闭幕。当天发布的公报宣布全面实施一对夫妇可生育两个孩子政策。

消息迅速传播开来。

二孩放开了！我们可以生第二个孩子了？！那，我们生不生？怎么生？

一石激起千层浪。那夜失眠的，不止我们这对夫妻。

其实，自 2013 年底单独二孩政策放开后，全面放开二孩的呼声就越来越高了，全面放开二孩的小道消息和时间预测也不时传来。可是，传闻毕竟是传闻，"变现"好像依旧遥遥无期。何况，我们的年龄都不小了，大家似乎都不愿再考虑太多。

倒是琪奶，一到春节前夕，就从老家大集上给我们买年画，让我们贴到卧室里。有时，年画上是一个光屁股的胖娃娃；有时，是两个光屁股的胖娃娃；刚过去的那个春节，也就是 2015 年 2 月给我们买的年画上，是三个光屁股的胖娃娃。这些又白又胖的漂亮娃娃，无一例外都露着小鸟鸟。

我哭笑不得，说："妈，您买这个干啥？现在计划生育，人家不让再生的。"琪奶严肃地说："啥也甭说了，听我的，贴墙上！"现在想来，倒有些惊讶于她的先见之明。

也不怪琪奶盼孙心切，琪爸家两代单传。琪爷早逝，孙女安琪儿一直是琪奶生活的全部。安琪儿读初中开始住校后，琪奶的生活一下子空了。后来，我们从镇上搬到了县城，她没有跟过来，独自住在镇上的老家中。那里有很多同龄老太，她们可以一起聊天、唱吕剧、到镇广场上表演。可是，再好的生活，都比不上再多个小孙孙……

那晚，琪爸像喝了兴奋剂一样。他高举着拳头，欢呼，转圈，然后拉起我狂奔，全然不再是那个四十多岁的"油腻男人"。

本来，我们已经完成了平时的健身任务（我跑两圈，他走一圈），但他又拉着我跑了一大圈。要知道，平时他只能走，不敢跑，每次都远远落在我后面。他那晚的样子使我确信：这人，平时是装的！

"这么多年，其实，我一直知道，冥冥中，我一定会再有一个孩子……"这个中年男人高兴地感慨着。

这是个厚道有余浪漫不足的男人。平时，他口中从不会吐出华丽的话语，他对我的"浪漫主义"也很不以为然。但现在，从他口中，竟说出了"冥冥中"这个词。看来，这个"冥冥中"是一颗被深埋的种子，在他的内心深处已经潜藏许久了。

第二天一大早，我还在梦中游荡呢，就被一阵手机铃声吵醒了。是琪奶！奇怪，她平时从不打我的手机呀，有事她都是跟琪爸直接联系的。

"妈，什么事呀？"

"琪她妈，人家说……让生了！让生了！国家叫咱生二孩呢！你们知道了吗？"

中午回家，进门看见满桌热腾腾的饭菜，才知道琪奶来了。她正在厨房做饭，一边做，一边用拳头捶着腰。她买了很多菜，竟还有水果。她看见我，满脸欢喜，从未那样慈祥过。

我们一起吃饭，一时无话。琪奶突然问："过年我给你们买的娃娃呢？"

我和琪爸对视了一下，如实说道："前几天打扫卫生，摘下来了。"

"咋摘下来了，放哪儿了？快找出来贴上！有空我再上集给你们买，画上那些小男孩那个漂亮哟！"

我说："妈，您别着急呀，就算想生，这么多年了，身体条件也不一定允许啊。再说，就算能生，也不一定刚好就生个男孩出来呀！"

琪奶有点不高兴，问："你咋知道不一定？"

琪爸说："妈，政策虽然放开了，但真正落地，还得再等一段时间，没那么快呀。"

"等？还等？！"琪奶有点恼了，"再等，啥都耽误了。政策放开了，咱马上生！"

"马上生?"

"马上生!"

作为女人,我似乎别无选择。

其实,我无须选择。

琪爸喜欢孩子,琪奶喜欢孩子,而我,也喜欢孩子。再多个孩子,不论男女,都是自己的亲骨肉,都是跟安琪儿一样可爱的生命。再顺利生个宝宝,不是件皆大欢喜的事情吗?

此外,回顾当年自己初为人母,养育女儿时的种种失误,现在内心仍旧惭愧、悔恨、自责。我希望能有机会重新生育一次,尽我所能,陪那个生命成长。

我们爱女儿,但我们迟早都会撒手离去。如果在我们离去后,我们的宝贝女儿在这个世界上能多一个亲人,而且是跟她有血缘关系的弟弟或妹妹,那该是件多么美好,并且让我们泉下欣慰的事啊!

那段时间,我们都很兴奋,琪爸不看电视了,我也读不进书了。琪爸坐在客厅沙发上,一边喝茶,一边打量着家里的角角落落,不时起身去摆正架子上的花瓶,剪一下花树上的杂枝。我则跟同学、朋友在微信群里交流着关于生二胎的事情。同龄的姐妹们叽叽喳喳地讨论着生二胎的好处与坏处,以及要二胎面临的问题。

我突然发现,我们已经很久没有环顾自己的家,认真检点自己的生活了,需要做的事情太多了。

家里有些杂乱,需要系统地整理一下,彻底来一次"断舍离";近几年因为慵懒,两人都有些不修边幅,需要好好打理一下形象;还得系统检查一下身体,保证身体各器官功能良好;得加强自己的思想、文化和艺术修养;得学习一些备孕知识,做到各方面都万无一失……

"幸好,我们一直在坚持锻炼……"琪爸高兴地说。之前他常说,命运总是垂青有准备的人。看来,我们是歪打正着了。

不是一家人,不进一家门。我和琪爸都是天真而乐观的人,凡事总往好处想。但其实,我心底,有一丝隐隐的担忧。

我担忧的,一是安琪儿,二是自己。琪爸在各方面几乎都是满分,倒没什么好担心的。

世界上最好的三个爸爸之一

除了孩子，还有什么更好的礼物？

琪爸，1971年出生，属猪，金牛座。人咋样？且听家人评说——

琪奶说："俺的儿子，当然是好儿子！"

琪奶经常念叨，琪爸从小就特别懂事特别体贴人，做事有数让人放心，学习从不让家长操心，爱劳动，十三岁就能顶个"整劳力"……（以下略去成千上万字）

二十年前我和琪爸都在镇上工作，我们恋爱时常去逛县城。琪爸爱吃，总买一些当地特产肴驴肉打牙祭。每次都将肉一分为二，自己吃一半，另一半捎回老家村子，给琪爷吃。他们爷俩口味相同。而每次给我买凉皮、糖葫芦等，也要多买一份捎给琪奶。

一年后，我们顺利走进了婚姻殿堂。由远到近，琪爸依然没让人失望。他对父母和所有的亲人都关心入微。如果说女儿是父母的"小棉袄",琪爸简直就是他父母的"大棉袄",是所有家人的"大棉袄"。

我说:"居家小男人!经济适用男!"

琪爸的性情完全符合他的属相、星座,沉稳、顾家、有爱心、有耐心、喜欢安定、易满足。他最喜欢的生活是"老婆孩子热炕头"。他喜欢做菜,讲究菜的色香味。菜做好,自夸两句,一边看电视,一边吃,当然,还要就着二两白酒。他也会跟狐朋狗友一起去外面的酒店推杯换盏,喝到微醺,但一是那样的机会不太多,二是他更喜欢在家里自己喝酒吃肉的那份自在。

他是个典型的"宅男"。节假日,他在家看电视、看书、逗孩子、修理物品,哪怕待上一年,也不会嫌闷。而我,更喜欢外出旅游或串亲访友,这对他来说,简直就是灾难。于是,我们假期往往各奔东西。

他对生活很知足,他说只要爸妈健康,老婆孩子都好,也就没什么向往的了。这种态度,从另一个角度看,分明就是"胸无大志"。于是,我称他为"居家小男人",或者叫"家庭煮(主)夫"。

他原本热爱绘画,年轻时也曾有过狂妄的梦想。但婚后因生活所累(毕竟娶了个不太会理家的老婆),他在艺术上再无建树,终于"泯然众人矣"。看到他原先的同学朋友都有大成,我劝他有空拾起画笔,再追追梦想。他却说:"什么梦想?家就是我的梦想!老婆孩子就是我的梦想!"

叫他"小男人",是因为他的"抠门"。除了嘴馋时买点肴,平时,舍不得吃,舍不得穿,连旧秋裤都舍不得扔。你给他买了新衣,他会指责你。他不爱外出旅游,除了因为喜欢"宅",还有一个原因就是旅游花钱多。平时,对于我的大手大脚,他很是不满,经常教育我:"钱不是不能花,但要花在刀刃上。"而我,心不服口不服,常会反唇相讥,嫌他"小气"。兼之他对上网、微信等新事物总难以快速接受,于是,我就如此描述他:"'70后'男人,'60后'的外貌,'50后'的思想,'40后'的灵魂。"我一直为无法填平我们之间深深的"代沟"而遗憾。

他虽自己舍不得花钱,但为了他的宝贝闺女,别说钱,割他的头他都舍得。

他对我讲过他小时候的一件事——那年,他十二岁。一天,一个亲戚骑着自行车送他回家,他坐在自行车后座上,远远看到路边河沟里的一堆堆农用垃圾中有一个鲜红的西红柿。那是20世纪80年代初,农村孩子没什么零食,更没有水果吃。他紧紧盯着远处那个小红点,直咽口水,却不好意思说。回到家后,他仍记挂着那个西红柿。趁大人不注意,他撒腿跑出家,跑出村子,沿着来时的河坝路一直跑,跑了大约七八里路,终于找到了那个位置。他奔下河滩,蹚过野草藤蔓,从那堆垃圾中小心翼翼地捡起了那个西红柿。只见那个西红柿已经烂掉大半边,里面是空的,只剩了半个鲜红的外壳。而他看到的,正是完好的那一边。

开始,我并没有在意这个故事,后来的某天,我突然就理解了他,进入了故事中20世纪80年代初的家乡。那个瘦小的少年，在高大的河坝上急匆匆地奔跑着，他上气不接下气，急促地喘着。累极了，就放缓步子快走，用衣袖擦擦汗，然后攒足劲，继续跑。必须快点，他怕迟了，那个鲜红的柿子就被别人捡去了。汗水从他的额角不断地淌下来，在他脸上蜿蜒，在他黧色的脸上冲刷出一片片污痕。他身上的布衣裤打着补丁，头发像路边的野草一样蓬乱。他向远方瞥了一眼，多年之后的今天，那明亮的眼睛依然如故，其间是贫穷和岁月都掩盖不住的东西。

小小的他，那样卖力地奔跑，只为了去捡一个被别人丢弃的西红柿，还要在大人面前掩饰自己的"嘴馋"。

在那个物资极度匮乏的年代，玉米面窝窝头是农村家庭的主食，还有很多人可能连这个也吃不到。温饱问题尚未解决，水果等吃食更是极为罕见的奢侈品。那时候，人们的味蕾应该都是退化了的，可是，环境没有限制住他们对美食的想象。

每当走进这个故事，直视这个多年之后将成为我老公的少年，我总不由得心酸和心疼。

也许，理解一个人最好的方式，就是进入他的过去，了解他思想的形成过程；而爱一个人，就是接受这个人，接受他的全部，包括他幼时的贫困和窘迫，以及他的所有缺点与弱点。

从此，我不再嫌弃他的"小气"。他的"小气"在我这里，有了另外的含义和味道。

安琪儿说："世界上有三个最好的爸爸——企鹅的爸爸、海马的爸爸、安琪儿的爸爸！"

如果人只有一次生娃的机会，琪爸希望生男孩；如果有两次生娃的机会，琪爸希望儿女双全。

可是，十七年前，我们只有一次机会。我们生了安琪儿。

想要男孩，却生了女孩，这显然有违琪爸的心愿。琪爸内心也许有过失望，但我却没看到他表现出过失望。或者，正如某位哲人所说：孩子一旦生下来，想不爱她已为时过晚。他来不及失望，就立刻把这个女孩捧在手心里，开始用整个生命去呵护她了。

在医院，他跑前跑后，洗尿布，抱孩子，彻夜不睡，将同病房另外两个熬不住呼呼大睡的宝爸"比"了下去。

即使安琪儿在睡梦中，他也会趴在床头，不眨眼睛地盯着看，不时捋捋安琪儿的耳朵，握握她的小手。安琪儿夜哭，他整夜不合眼，抱着他的宝贝女儿在房间里转圈，一边转一边轻声说："不要哭，不要哭，安琪儿是本年度全国优秀好小孩……"

安琪儿满月了，在那个晴好的春天里，我们用婴儿车推着她，到外面玩。小安琪儿明眸顾盼，像天使一般。不远处，几个邻居老太太正扎堆聊着天。琪爸朝她们羞涩地喊："快来……看小孩呀……"老太太们赶紧走过来，围着婴儿车看起来，都啧啧称赞。这时，琪爸胖乎乎的脸上绽出花一样的笑容，圆圆的两腮涨得又亮又红。

琪爸对安琪儿总是百依百顺，以至于安琪儿越加顽劣、任性。有次，家中已经有了七盒橡皮泥，但安琪儿仍要大人去给她买第八盒。大家不依，她就躺在地上打滚。那次，连平时最喜欢惯着她的琪爷琪奶都觉得她过分，不理她了。谁知琪爸回来，立刻火了，说："为这么盒橡皮泥，惹俺闺女哭成这样！"说完抱起安琪儿就走。回来时，安琪儿在爸爸怀里，抱着一桶比平时买的大三倍的橡皮泥，冲我们得意地坏笑。我责怪琪爸娇惯孩子，琪爸说："俺就这么一个孩子，不娇惯咋的？"

安琪儿读初中时上晚自习，琪爸跟我外出散步，非得找个借口到学校里面去转一圈，还说："我们经常在孩子附近转悠，她会有安全感。"

琪爸使我相信"女儿是父亲的前世情人"这说法确有道理，我也突然明白"掌上明珠"这个词的含义，这个词的创造者必是一位如琪爸一样的父亲。

当然，琪爸多年如一日的爱也得到了回报。安琪儿常说："将来，我要嫁一个像爸爸一样好的男人。"安琪儿还自编了一道题，问："世界上最好的三个爸爸是？"然后得意地自己道出答案，"企鹅的爸爸，海马的爸爸，安琪儿的爸爸！"

是的，琪爸像极了企鹅爸爸，在冰天雪地里，自己不吃不喝，用厚厚的肚皮和脚掌，给孩子撑起了一个温暖、安全的世界。他自己就是一只温厚的育儿袋，呵护着孩子的成长。

安琪儿读高中后，学习忙，即使在家，也不愿跟我们玩了。她长大了，有自己的世界了。琪爸看着渐渐长大的女儿，不无惋惜地说："唉！咱还没稀罕过呢，她已经长大了。真想重新来过，重新养她一次。"

有人说，养女儿，就像养一盆花，精心呵护，用心栽培，最后却被一个叫"女婿"的人连花带盆端走了。想到多年之后女儿会出嫁，我问琪爸可曾想过将来在安琪儿的婚礼上会是何滋味，琪爸不开心地说："以后别跟我提这个！！！"

每次外出，看到孩子，琪爸都会停下来逗。特别是小男孩，很容易跟琪爸热络起来。男人，不论多大，骨子里都是孩子。大男孩带小男孩玩，当然是轻车熟路了。

琪爸还有"好生之德"。邻居家钓来的鱼虾，奄奄一息了，琪爸要过来养在鱼缸里，小生灵们很快就活蹦乱跳了。有段时间我迷上了养花，却总养成蔫枝败叶，但一经琪爸的手，就都水灵灵的了。

这个顾家的男人，这个喜欢孩子的男人，这个热爱生活的男人。这样的男人，除了再给他生个孩子，还有什么更好的礼物呢？

致安琪儿的忏悔信

我，一个不合格的母亲

　　结婚时，我刚刚二十三岁。二十三岁，并不算年幼，但我的心智却远未成熟。我很想轻松快乐地过几年日子，再考虑生小孩的事情。但婚后半年，安琪儿意外到来了。

　　发现自己怀孕后，我吓得哇哇大哭。不仅因为对生育毫无准备，手足无措，更因为自己还有很多"梦"没做完。当时我认为，孩子的诞生将阻断我所有的梦想之路，实在是心有不甘。

　　还没长大的我，做了另一个生命的母亲，当然不会是合格的。于是，十五年后，就有了下面这封充满悔恨的书信。

致天使十五岁生日
　　　　　　　　　——一个母亲的忏悔

　　安琪儿，十五年前的春天，一个如今天一样阳光灿烂的日子，你咿咿呀呀地哭着，来到了这个世界。

　　那一年，我二十四岁。二十四岁懵懵懂懂的我，因为你的降生,成了一位母亲。母亲,一个多么伟大的词汇呀。之前,尽管经历了结婚和十月怀胎,但我内心一直没把自己与"母亲"这个词联系起来。从小生活平顺,没受过多少磨炼的我,直到婚后,仍然一身孩子气,活像一只苹果,表皮早已熟透,内心却是青的、涩的。就在毫无思想准备的情况下,我稀里糊涂地做了母亲。

尽管分娩痛苦难熬,但,你石破天惊的第一声啼哭,就像在茫茫不见边的暗夜里燃起了一束火苗,瞬间照亮了我的生命,痛苦如云烟般消散,我泪水汹涌。当小小的你躺在我身边时,我无论如何也无法相信,一个生命,一个崭新的生命,就这样诞生了,而且,竟然是我创造出来的。

从此,我的生命里有了你。

安琪儿,小小的你蜷在我的怀里,闭着眼睛,歪着头努力寻觅着我的乳头,一碰到就奋力吮吸起来,喉咙里咕嘟作响。那一刻,我一下子懂得了"母亲"的含义:我创造了这个生命,她是如此弱小,一切都要依靠我;我得喂养她、保护她、教导她,她才能渐渐长大,成为一个崭新的生命个体。

这么重大的责任,我能担得起吗?

那个春天,在一无所知中,我一点一滴地学习着如何做一名合格的母亲。

对生活,对你,我都极少操心。因为我们一直与爷爷、奶奶生活在一起。两位老人身体康健,他们同中国无数老人一样,全部心思都放在了孩子身上。每天喂完奶后你就被转移到爷爷、奶奶的怀抱中。你爸呢，更是没的说，你说他是世界上最好的三个爸爸之一。

可是，妈妈呢？

那时，妈妈是乡镇小学的一名教师。妈妈下班后要在学校辅导学生，晚上也常带作业和备课本回家。爸爸常对你说："安琪儿，瞧，你妈妈卖身给学校了。"

其实，工作忙不应该成为不顾家的理由。很多女同事下班后还要匆匆赶去集市买菜，把家打理得"狗舔一般"。她们在办公室讨论的话题无非是做饭、衣服、丈夫、孩子，以及东家长、西家短。我跟她们少有共同语言，甚至有些不屑于她们的庸俗、琐碎、无所追求。许多年后我才明白，其实，她们自有她们的追求，烟火气、尘土气才是生活的气息。真正肤浅的人似乎是我，我离真实的生活太远了。

那时，工作和梦想占了我生命的大半。安琪儿，妈妈是中等师范学校毕业，一直觉得没上过大学是我人生中的重大缺憾。当时，随着专科生、本科生越来越多，中专生越来越不"吃香"，人们不屑地称我们为"小中专"。但是，我一直相信：学历与能力不一定成正比，中专生并不比那些大学生差。为了实现自己的梦想，也为了证明自己，妈妈踏上了自学的漫漫长路——我报考了全国高等教育自学考试汉语言文学专业。没有人给我辅导，我自己反复地看，反复地背诵，在灯下熬枯了一个又一个夜晚。我用了短短一年半的时间，考过了专科的全部课程。

当时，在我们镇，我是第一个取得大专学历的小学教师。尽管大家都说大专学历这辈子足够用了，但我仍不满足，又趁热打铁，开始了本科的学习。那时，我已经怀上了你，但在怀孕的那些日子里，我没有中断过追寻自己的梦想，甚至挺着大肚子在你爸爸的陪伴下乘公交车去市里考试。安琪儿，妈妈是不是太自私了呢？

如果，那时候妈妈的关注点不是工作，不是自学考试，而是你和我们的家，我们的日子一定会很不一样吧？

爷爷奶奶和爸爸都爱你，对你的照料无微不至，可都不太注意教育方法。而妈妈非常了解幼儿教育和小学教育，如果妈妈的心不在外面，而是多倾注些心血在你身上，那么，你一定会成长得更加茁壮的。那是你发展的黄金时期呀！

可是，妈妈不仅不负责任地缺席了，还做了许多浑事：

你六七个月大的时候，妈妈白天上班，晚上回来看书学习，累得要死，困得要命。有时，躺在床上给你喂奶，你津津有味地吃着，我却已经酣然入睡。你爸看到这一幕，常惊得目瞪口呆。

那天，你睡着了。你静静睡着的样子，分明就是一个天使。你的鼻息平稳、宁静，散发着香气。你是一个香香的孩子，你的身上，小被子、小枕头和衣服上，到处都散发着淡淡的乳香。至今，那香气仍沁在我和你爸爸的生命深处，不曾消散。我感叹：也许，上帝不能来到每一户人家，于是，就给了每户人家一个孩子。从此，这个家就变成了天堂。

我悄悄地亲吻了你一下，然后坐在床沿翻开书本。明天又要去考试，再临时抱一次佛脚吧。很快，我就沉入到书中。突然哐啷一声，你从床那侧掉下去了！

我扔下书，扑过去将你抱起，你已哭得满脸通红。你到底什么时候醒的，自己玩耍了多久，我竟然一点儿也没发现。

我又惊又怕，泪水奔涌，将你紧紧地抱在怀里，强塞给你一个乳头，才止住你的啼哭。你吮着乳头渐渐睡着了，喉中还发着委屈的呜咽声，长长的睫毛上仍挂着露珠般的泪水。我恨透了自己：读书比孩子更重要吗？我真恨不得将书本撕碎、扔掉。

那年，妈妈参加了成人高考，成了省重点大学的一名函授生，终于实现了自己"上大学"的梦想。妈妈要到省城去参加面授。一边是嗷嗷待哺幼小的你，一边是"上大学"的梦想，我犹豫过，其实那时，我完全可以向校方请假的，但我最终选择了给你断奶，毅然奔向了梦想中的大学。

在大学课堂里，我如全日制学生一样，听着教授们的授课，沉醉在语言文学的殿堂之中，完全忘记了自己是一个母亲，甚至，忘记了你。

那天，正在听课，一种奇异的感觉袭来，我胸部的衣服湿了。

农村有个说法：婴儿与母亲是有感应的，当孩子哭啼着想吃奶时，母亲会立刻感应到并且溢乳。

安琪儿，那时，在几百里外的家里，你正因为想吃奶而哭得撕心裂肺吗？你幼小而懵懂的心里该有多么痛苦！可妈妈却丢下你，到远方去追寻自己的"梦想"了。这是一个怎样狠心的妈妈呀！

其实不时有学员请假回家，但妈妈却一节课不落坚持到了最后。一个月后,妈妈学完回家,在老家村子里待得肤色黝黑的你倚墙站着,用陌生的眼光看着我,后退着,躲闪着。

——你已经不认识我了。

以后的日子,我并没有改变,仍然是个"工作狂""学习狂"。仿佛没有工作和学习,我的人生就毫无意义。

我可以在放学后放弃回家,手把手地辅导学生,却不能耐心地陪伴自己的孩子;我可以舍弃星期天休息时间,为单位写一些迎检材料,却舍不得拿出半天时间来做家务;自学的时间,我更是一寸光阴一寸金,不舍昼夜。

那时,如果我能多放一点心思在你身上,一切一定会大不一样。要知道,你是那样聪明,简直就是一块吸取知识的"吸铁石"。那时,我从没想过,你的童年只有一次。而缺少妈妈陪伴和参与的童年,会缺少多少幸福和快乐呀!我也从没有想过,一旦你长大,妈妈再想像你小时候一样拥抱你、亲吻你、陪伴你,已几乎没有可能了。

日子在继续,你在渐渐长大,我也依然在忙碌着。

一次,我在看书,你在哭闹。我不耐烦,把你推进卧室,将门关上。你哭着哀求,告诉我你尿湿了裤子。我忙打开门,只见尿顺着你的裤腿淌了一地。我心疼、后悔,却没有想过,对一个幼小的孩子来说,被大人惩罚关在房间中,是件多么可怕的事情,又是一种多么大的伤害!

你淘气时,爸爸、爷爷、奶奶对你总是百依百顺,我却扮演了一个严厉的角色。我会把你扯过来,狠狠地打你的屁股,你立刻变得服服帖帖,像换了个人一样。你在家里是个"混世魔王",天不怕地不怕,只有妈妈是你的"克星"。那时,我简单粗暴的背后,是满心的不耐烦。我从没有想过换一种更好的教育方式,没有想过对你可能产生的伤害。

你三岁那年,我带你去超市买东西,又犯了心不在焉的老毛病,把你给忘了。发现你不见时,我疯狂地喊着你的名字,在偌大的超市里到处寻找。我腿发软,心发慌,声音颤抖。那一刻,我想我就此要跟你永远分开了,世界末日即将来临。我甚至瞬间想到以后我们全家都将跌入一个不见底的深渊,我们倾家荡产,砸锅卖铁,走遍世界去寻找你。是我一手毁掉了这个家,我要了全家人的命!

幸好,一位阿姨将你送到了我面前。当时,小小的你已经走出超市,凭着记忆,沿着来时的路,一直走到公路边。那是一条省道,对面不远就是咱家所在的那个大院。可是,你是那么小,公路上有那么多飞驰而过的汽车。你不敢穿越,只好站在公路边哭。泪水和尘土将你的小脸涂抹得一塌糊涂。小小的你承受了那样大的恐惧……

也许,上天只是想警告我。但无论如何,我万分幸运,我们家万分幸运。因为没有你,我们真的就没有了一切。

你上小学那年,我被调到镇上从事新闻宣传工作。当时,人们都为我庆贺,我写东西的特长能得到发挥了,我这块被埋在土里的金子终于发光了。但是,你很不高兴,因为那年你正好要到我原先工作的小学去读书。妈妈没有陪你一起上小学。

调到镇上后，工作量加倍，我成了这台高速运转的机器上的一枚螺丝钉。从此，我不再属于你，不再属于这个家，我彻底把自己给"卖"了。每天忙着采访、跟活动、写稿子、编小报、接待记者，完成领导随时交代的各种任务。最要命的是，我不会偷懒，甚至不会拒绝那些本不属于自己的任务。中午、晚上我很少回家吃饭。往往晚上回家时，你和爸爸已经入睡。家，成了我睡觉的场所。有时爸爸有事，打电话让我去接你，我正忙着，转身就忘个精光。你在学校门口孤单地等待了一两个小时，然后独自走进暮色中。那时，我不曾想过，当一个个孩子被接走，学校门口人渐稀少时，安琪儿，你这个等不到家长的孩子，会有多么失望？这样的失望，我给了你很多次。

下面是你上小学二年级时写的一篇小作文，叫《无聊的一天》，是我最近整理房间时发现的。

星期天，没有了往日的琅琅读书声，没有了同学的嬉戏打闹声，我觉得很寂寞。我拿出一大堆作文、日记来驱赶寂寞。

爸爸妈妈不在家，我在客厅里走来走去。"真无聊！"这句话在我脑袋里回荡。

我从客厅走到阳台，从阳台走到卧室，又从卧室走到书房，越走越无聊，我只好下去玩。小广场上空荡荡的，我只好去找小伙伴们。可是，无论去谁家，大家都推说作业没写完。我只好重新回到家里。

　　回家后,我躺在床上。心里想:他们为什么不出来玩?爸爸妈妈为什么不在家?

　　今天,特别无聊!

　　作文纸张已经发黄变软,上面仿佛映出八年前你幼小的面容。那时,你已经懂得了"无聊"。作为一个独生子女,本来就够孤单了,妈妈的忙碌,又使你常常被忽略。你,有过多少这样无聊和孤单的日子?那些时候,妈妈又在哪里?

　　有时,妈妈接上你,又回办公室继续工作。怕你缠我,就让你用同事的电脑上网。接触电脑和网络,固然为你开启了一个崭新的世界,可是,因为缺乏引导,有段时间你沉迷于上网,耽误了不少宝贵时间。

　　妈妈沉迷于自己的事情时,对你除了敷衍就是发火。为了能在妈妈办公室玩一会儿电脑,你甚至用讨好的语气对我说话,小心地看着我的脸色。我就是这样,为了自己"清静",而将幼小的你扔给"电脑保姆",扔给茫茫网络,全然不顾你还是一个没有辨识能力的孩子,直到有一天发现你上网成瘾。

　　这一切都怪妈妈。仅仅给你生命,将你带到世界上来,是不够的;仅仅给你生活保障,让你衣食无忧,也是不够的。妈妈应该是你的知心朋友和人生导师,教会你生活和寻求幸福的能力。但是,妈妈没有做到,因为妈妈自己也没有这样的能力。人,不能给予别人自己没有的东西。

安琪儿，你十五岁了，你开玩笑说自己是"豆蔻年华的少女"了。豆蔻年华，青葱岁月，是黄金般的时光呀。可是，十五年来，妈妈从没有带你去外地旅游过，没有带你体验过夏令营，没有带你去看过一场电影，甚至都没有带你外出散过一次步。因为妈妈的"缺席"，十五年里，我们错过了多少人生的美好！

你就像一棵局促在室内的小树，吹不到外面的风，淋不到外面的雨，看不到外面的万千气象，怎么能刚健地成长呢？当妈妈开始为你的近视和封闭而心忧时，你那许许多多成长的好日子已经过去了。安琪儿，你原本可以成长得更好呀！

外出培训，住在一位朋友家。她家到处都让我惊奇和赞叹。雪白的窗纱，水晶珠帘的隔断，低垂的常春藤，莲花状的洗手盆，莲蓬状的水龙头……处处洋溢着主人对家的精心经营。躺在她家散发着淡淡香气的"公主床"上，我的心情久久难以平静：为什么我不能创造出这样梦幻般的家，让自己和安琪儿都幸福地生活在其中呢？

妈妈是个粗枝大叶的人，我们家常有日用品丢失，挖地三尺也找不到，你戏言："咱家有个百慕大。"

这不是我和安琪儿要过的生活！

我梦想的生活图景里面有至爱的亲人，有自己喜欢的事物，有充实的意义，我也希望安琪儿可以过上这样的生活。可是我辛辛苦苦、忙忙碌碌这么多年，最终却发现自己与梦想南辕北辙，愈行愈远。

直到有天，我的身体被压垮了，躺在医院，身边只有你爸相伴，我才知道，在这个世界上，什么是真实的，什么是虚幻的。原来，多年来我全力追逐的，并没有那么重要；原来，多年来被我忽略的，才是我此生最宝贵的所有。

而此时，我已近不惑；而你，也疏疏朗朗地长成了一个十五岁的少女。

所以，安琪儿，妈妈想告诉你：工作也好，事业也罢，都只是人生的一部分而已。如果没有健康，没有亲情，它们都将一文不值。我希望你未来的人生是这样的：用健康做地基，用亲情做房基，用自己喜欢又能谋生的工作来做房屋架构，用爱好、乐趣和梦想来点缀你人生的房子。我希望，你能生活在自己的梦想里，过充实有意义的生活。

安琪儿，在你十五岁生日到来之际，妈妈回顾过去的十五年，百感交集，写下了这篇文字，是忏悔，也是反省。

爸爸从来不会像我这样多愁善感，只会一如往常，买来你喜欢吃的饼干，借来你学习用的资料。正如从我们恋爱到现在，他从来没有说过"我爱你"一样。他只是默默地为你和我做着琐碎且无聊的事情。

原来，爱，从来就不是说出来的，而是做出来的。

对你爸爸来说，爱，仿佛是一种与生俱来的能力。而对我来说，爱是我至今尚未学好的一种本领。

从会说"爱"，到会去爱，是一条多么漫长的路呀！这条路，我们每个人，都要走一生一世。

安琪儿，我的孩子，在你十五岁生日到来之际，我想为过去的十五年，对你说声对不起！请原谅我，在自己还不懂得爱的时候，做了你的妈妈。

如果，这十五年能够重新来过，我一定会用我的全部去爱你，呵护你慢慢长大。

我知道，这十五年，已经不可能重新来过。所以，请让我在今后的日子，加倍地去爱你，直到有一天，我不能再陪你走下去。

安琪儿，愿你永远幸福！

不称职的妈妈于2014年春

安琪儿的弟弟

想象中的弟弟——你未来，爱已在

二胎全面放开后，我和琪爸都按捺不住欣喜，全然顾不上考虑四十多岁的身体是否真的能搭上这趟车。我们考虑更多的是怎样对安琪儿交代。毕竟，作为独生女，她独享这个家庭的爱已经十七年了。

十七年里，她是我们捧在掌心的明珠，是世界上独一无二的存在。她习惯了，我们也习惯了。突然，她将不再是唯一，我们将会有另一个孩子。原先百分之百倾注到她身上的爱，会被另一个孩子分享，她能接受吗？且不说她能不能接受，仅这样想想，就有些不忍。虽然我知道，父母对子女的爱，如同太阳对万物，并没有偏私，都是一样照耀的。

安琪儿，她能接受吗？

二孩放开后，人们都需要抉择，都需要准备。除了备孕，很重要的问题就是如何向那个独生子女交代。那些已经习惯自己是家庭中心的孩子，似乎都感受到了垄断地位即将失去的危机。于是，有的哭闹，有的厌学，有的出走，各自用不同的方式来抗议。此类新闻并不鲜见，有的孩子让父母签保证书，保证生二胎后只疼他（她）一个；有的让父母将银行卡、房产证交给他（她）；有的母亲无奈打掉了肚子里的二胎，来安抚老大的情绪……

安琪儿会怎么想呢？

安琪儿住校，每两周回一趟家。那个周末，她从学校回来，看见我，有些俏皮，又有些严肃地说："你们为什么不要二胎？现在已经放开了……要生就赶快，给我生个弟弟吧！"

"可是，我们有你就足够了，再说，我们年纪也大了……"我故意这样说。

"我明年就要读大学了，你们在家不闷吗？弄个小东西养着，也好解闷呀。再说，你们养大了我，也有经验了。"

"可是……再弄个小东西，你不会吃醋吗？"

她的坏笑又浮到脸上了，说："反正那时我也上大学了，眼不见心不烦。"

这个十七岁的女孩，虽然平时满满的孩子气，但关键时候，她的表现又那么成熟。

看来，我们的担心是多余的。

"可，为什么一定是弟弟呢？"

安琪儿说："什么，生个妹妹？！你们已经有我了，再生个女孩，不嫌重复吗？"

"也是哈。"我暗笑，我们心里也是这样想的啊。思想传统的琪爸，就更这样想了。

安琪儿喜欢弟弟，似是由来已久。她不到两岁时，某天突然说："我要弟弟！我要弟弟！"我故意逗她："弟弟是什么？"她说不出。我又问："要弟弟做什么呀？"安琪儿笑着用小手指比画着说："玩！装到口袋里玩！"

过去，大人偶尔开玩笑逗她，说让妈妈再生个宝宝，问她喜欢弟弟还是妹妹，她总说喜欢弟弟。不论谁问，她的答案都不曾改变过。但我们都知道，那只是玩笑话而已，再生是不可能的。

谁也没想到政策会变。

就在那段时间，我去学校给安琪儿开了一次家长会。教室的每张桌子上，都放着一封信，是班主任安排孩子们写给家长的。拆开安琪儿的信，字比她平时写的更工整秀气：

"……妈妈，学习的事情我负责，您只负责给我生个弟弟（或妹妹）就行了。妈妈其实也是个孩子。十七年来养大了我，妈妈已经长大了一些。将来再养大弟弟（或妹妹），妈妈就再长大一些……"

读到这里，我的泪水止不住流了下来。

带安琪儿去超市，我选购，她推着购物车跟在后面。安琪儿说："将来，就把我弟弟放到这购物车里，我推着他。"

路过童装区，安琪儿指东指西，激动地说："将来一定给我弟弟穿这样的方格衬衣！穿这样的小皮鞋！会很帅的！"

下楼时，安琪儿提醒我说："将来在电梯上一定要抱好我弟弟，别让他乱跑，电梯太危险了！"

每次从学校回来，安琪儿见到我的第一句话就是："我弟弟呢？"

我说："还没有呢。"

"怎么还没有呢？"她不悦。

我惭愧地说："他正向我们赶来呢，我们一起等他。"

"你们要快点呀！"

"这……我们需要时间，需要调理一下身体……"

安琪儿有些失望："要是你们平时注意身体，现在就不需要调理了！"

我们羞答答的，无言以对。

此后，安琪儿每次回家，这样的对话就成了我家的日常：

"妈，我弟弟将来一定要学会一种乐器，要学点特长！"

"妈，将来你要让我弟弟多活动，多运动，别窝在家里看电视，别像我一样戴上眼镜……"

"妈，我弟弟至少要长到一米八……"

"妈，要培养弟弟的男子汉气概，别让他长得太'娘'！"

"妈，我弟弟性格要阳光，不要忧郁……"

"妈，将来你要多陪我弟弟，不要像我小时候一样……"

"妈，你和我爸别再吵架了，要给我弟弟创造一个好的成长环境！"

"等高中毕业，有时间了，我给他写童话，将来讲给他听……"

"将来，我要多陪他玩。"

"等他出生，我就已经读大学了。我要努力学习，挣奖学金，给我弟弟买玩具。"

"等我大学毕业，我要带他周游世界。"

"哎呀，等我弟弟出生，我就读大学了……那我不是缺席弟弟的成长了？"

我笑了，拍拍她的背说："傻闺女，你弟弟不也缺席了你的成长吗？虽然你们互相缺席，但将来，你们会相互陪伴的。"

安琪儿笑了，点点头，很郑重。

又一个周末，安琪儿从学校回来。她说，她要开始攒零花钱了，给弟弟准备见面礼。我说："没必要啊，一个好姐姐，不就是他最好的见面礼吗？"

安琪儿笑了。

那天，我的姥姥过生日，带安琪儿一起去了。人很多，但没想到，素来喜欢安静的她，竟热情地逗起我表妹家三四岁的孩子，逗得他嘎嘎笑。安琪儿还拿了一块湿毛巾，弯下腰很仔细地给小男孩擦脸、擦手，俨然已经是个会照顾弟弟的姐姐了。

"我弟弟最好出生在秋天，因为我是春天出生的……"

"我弟弟可以学架子鼓，男孩子学架子鼓才帅，他要留那样的发型，一边敲一边这样甩，哦，这样甩……"

那天，安琪儿坐沙发上跟我闲聊，还学着敲架子鼓的动作，上了发条一般不停地摇头晃脑。

最后,她突然笑了,说:"我弟弟,现在八字还没一撇呢,我对他的爱已经爆棚了!"

安琪儿的弟弟,你听见了吗?
你未来,爱已在。

手足，手足
那些兄弟姐妹的事

安琪儿一直是家中唯一的孩子，没有兄弟姐妹。这是独生子女的遗憾。

没有兄弟姐妹的她，对未来的弟弟满怀向往，仿佛她对手足之情了然于心。看来，这是天性。

手足，是我们对兄弟姐妹的另一称谓。这一称谓，形象地道出了兄弟姐妹之间的关系：同根而生，血肉相连。

手足，身上流着同样的血，出生前住过同一间房子，你至亲的人也是我至亲的人，你的家也是我的家，连我们的相貌、动作、表情等，都有着同模复制般的相似。

正因拥有彼此，我们的生命不再孤单；正因如此相近，我们更应永远相亲，永远熟稔。

我们"70后"，都不缺少兄弟姐妹，家家都有一群。小时候哭哭啼啼争抢一口食物，或一个玩具，长大些后，则成了伴，大的领着小的，去田里干活，或在村头玩耍。虽然在家里会争抢吵闹，可一旦出门，与外面的孩子发生摩擦，大的就护着小的，小的就依靠着大的，真是"兄弟阋于墙，外御其侮"，里外亲疏分得清清楚楚。渐次长大成人，就可互相扶持帮助。虽然各自成家，但那根无形相牵的线却是坚韧的，不断的。

我与弟弟相差两岁半。小时候，我并不是个合格的姐姐。我俩常常打架，各自委屈得大哭，父母出面调解，总是大的吃亏。于是，我愤愤然，埋怨父母偏心且重男轻女，真是封建余毒。一直到长大后的很多年，我都始终觉得姐弟之情是淡的，对弟弟有许多不满。后来，才知道是自己内心出了问题。弟弟是个粗线条的艺术家，不善表达。多年后，每到我落魄恓惶之时，弟弟总是在那里，如一堵厚实的墙，让我倚靠，让我不至于摔倒，不至于茫然无助。

我爸爸有五个姐妹，他是家中唯一的男孩。在那个艰苦的年代，爷爷奶奶在田里干活，爸爸的大姐、二姐、三姐就轮流带他。闹灾害那几年，全家人都快饿死了，但凡弄到一点点吃的，都要先让爸爸吃。尽管姑姑们都很聪慧，却谁也没能上学。唯一的读书机会，是留给弟弟的。听说那时二姑曾一次次偷偷溜到学校附近，装作拔草剜菜的样子，只是为了听一听里面的读书声，看一眼里面的情形。她太渴望上学了。

那时一个贫寒的农家，举全家之力，只为让唯一的儿子好好成长，有机会走出农门。也因此，多年之后，才有了我和弟弟的出生，我们也才有了相对好些的生长土壤。

说起过去，姑姑们自叹那时条件差，时代不行，却没人抱怨我的爸爸。因为，她们唯一的兄弟，是她们的娘家人，是娘家整个家族的希望。作为女儿，虽然终被如泼水般泼出家门，但，娘家终究是她们生命的来处，她们愿尽自己的全力，去成全娘家。

多年过去，爸爸的五个姐妹已有两个离世，剩余三个，也相隔甚远。但近年来，特别是我学会开车后，爸爸每看我有空，就让我带他去看望大姑、三姑和四姑。年迈的姐弟相见，亲热如故。

当人的生命越近终点，就越是怀念来处。当一生浮华散尽，水落石出，只剩了亲情——这一人生最基本的拥有。浮华都是虚幻，亲情才是真的。

姥姥九十岁，住在一个偏远的村子里。她的哥哥，也就是我的舅姥爷，已经九十六岁了。舅姥爷早年参加革命工作，二十多岁南下去了遥远的福建，后来定居在厦门。三千多里的长途，没有阻挡住亲情。很多年里，舅姥爷几乎每年都回来一趟，或乘火车，或坐飞机，一路风尘仆仆，只为回来看望他的妹妹。

舅姥爷回来，就住在姥姥家。他会带来很多小人书、零食、衣服……都是我们家乡所罕见的。他还背着照相机，为我们留下了许多照片。那时，在农村照相可是件奢侈的事。

舅姥爷喜欢在院子里，跟姥姥和姥爷围坐在桌边喝茶。三个老人，苍颜白发，那么近地靠在一起，一个亲哥，一个亲妹，一个妹夫。茶，慢慢地斟；话，缓缓地说。往事，怎么那么有嚼头？很多时候，他们也并不说往事，而是有一句没一句地聊些杂事。有时候，静下来，细细品茶，时光和风相伴着，悄悄地从茶杯边溜过。

从厦门到广饶，三千多里的路程，舅姥爷走了大半生。直到晚年，他白发苍苍，腿脚不便，不得不拄着拐杖走路了，也仍然要每年回来一趟。父母早已故去（他们的母亲早由他接到厦门，并在那里终老），村里故居早无，他仍然如此坚持回乡，只为了回来看看，与妹妹相聚。

每年中秋节、春节等节日，姥姥都会收到从厦门寄来的航空包裹，是来自福建的精制糕点；姥姥生日那天，会收到来自厦门的电话。电话里，舅姥爷和姥姥拉着家常。糕点等礼物，早于生日前两天收到，不曾记得姥姥吃过几口，全下了我们的肚。姥姥经常收到来自厦门的汇款，那是舅姥爷从他工资或养老金里匀出来的。姥姥儿女众多，负担重，舅姥爷一直记挂着呢。

舅姥爷是城里人，他一直很时尚，年龄不曾扯住他的后腿。他爱好摄影，会电脑，会玩 QQ 和微信。只是，他打字有些慢。

那一年，姥姥生日那天，我吃完了厦门馅饼和牛轧糖，开始在电脑前跟舅姥爷聊天。

我：舅姥爷，您寄来的东西真好吃。

他：好。

我：姥姥今天特别高兴。

他：很好。

我：舅姥爷，您对我姥姥真好。

很久，他回：我只有这一个妹妹。

九十岁之后，舅姥爷身体已不适合长途颠簸，所以，没有再回来。我们心里也都明白,老人风烛残年,已不太可能重聚。可是,这一年,舅姥爷又回来了。姥姥灼伤住院的事,终究没能瞒住他。九十三岁高龄的他,坚持要回来看看。他回来时,姥姥早已出院,在家静养。他拄着拐杖,陪在姥姥身边。半个月后,因为身体缘故,他必须返程了。走的时候,他和姥姥,这对白发苍苍的兄妹,都掉了泪。他们,已行至岁月的深处,越来越接近生命的归期。这,恐怕是他们最后的相聚了。

我真想有个这样的哥哥。

安琪儿,我所渴望的,我所感动的,希望你都能拥有。

生命的暖屋

子宫之伤——女性的伤痕与坚韧

  我最担心的,还是我的身体。

  男性有"五脏六腑",而女性却比男性多了一个子宫,她是孕育生命的器官,也是让一个女人成为母亲的核心元素。

  我愿用"她"来称呼子宫,因为她是有生命的。她的肌体是柔韧的,是绵软的,是能够生长和代谢的。而她的一切生长和代谢,只是为了成为一片肥沃的土壤,准备随时拥抱生命的种子。

  一旦种子落地,她立刻紧紧拥住它,用全部的柔情给予它滋养和温暖。她成了一个有生命的温暖的房子,成了一个幼小生命的天国与乐园。

  她,就是人类的生命之母。

  我知道,只要子宫是健康的,迎接一个新生命大致不成问题。

  可是,我的这个子宫却早已伤痕累累。

是生完安琪儿后放置的一个节育环造成的。

那个金属节育环,硬生生地穿透了我的子宫壁,进入了腹腔,制造出了在炼狱一般的疼痛,自此打开了我人生中的潘多拉盒子。从此,痛苦的经历开始了:节育环在腹腔中滞留了一年半的时间,造成持续的炎症与粘连以及腹部莫名不间断的疼痛;因为这个环失去作用而意外怀孕,无奈人工流产,因觅不见环只好刮宫寻找,为取环而做盆腔造影,用腹腔镜取环失败,直到最后终于开腹取出了那个早已扭曲变形的金属环。

第一次怀孕,第一次生育,第一次放环,第一次流产,第一次做盆腔造影……医生说第一次遇见这样的事,当然也是第一次处理这样的事,他们医院新买来的腹腔镜第一次派上用场……

所有的,都是第一次。阴差阳错,所有这些"第一次",全部集中在倒霉的我的身上,集中在我这具不曾吃过苦的身体上。

上天似乎因为我的生活太过平顺,于是让我将所有女性可能遇到的痛苦全部体验了一遍。

从此,我带着伤痕和后遗症在人生长途上踽踽前行。体内的痛苦不时涌现,我很久都难以从这阴影中走出。

如果,我能早一点学习一些相关知识,也许,这一切就不会发生;如果,我当时就有对自己健康负责的态度,我就会更好地保护自己。

可是,我没有。甚至,在最初的剧烈疼痛发生时,我咬牙承受了下来,而不是阻止那伤害继续发生。因为,我以为放置节育环是一定会疼的。此后,更是把身体的各种疼痛当成正常现象,一次次忽略了它,导致戏剧般的悲剧不断在我身上发生。

我的妈妈和婆婆都曾对我说:"别那么娇气!女人,哪个没个腰酸肚疼的?"

她们是农村妇女,是最能耐受辛劳和痛苦的一代女性。她们中的很多人,都忍受着巨大的病苦,照常劳动,家里家外,一刻不得闲。她们的生命是家人的,是孩子的,唯独不是她们自己的。她们没有空"生病",没有空关注自己的身体。

我是个受过教育的"70后",以我的学历和工作,算是个知识女性。但我生于农村,长于农村,我继承了母辈身上的部分优点,还有这个"善于耐受痛苦"的致命缺点。

其实,不仅她们和我,在中国,太多的女性,都有待建立健康意识,都有待学会爱自己。

北京协和医院张羽医生在她的著作《只有医生知道》中说:哪怕你是一位知识女性,你对自己身体的了解程度也可能不到5%。一个女人,如果对自己的身体了解太少,甚至会影响到她规划和掌握自己的人生。书中讲到很多关于身体和心灵、健康和生育的问题,每个女人这一生都会或多或少地经历。也许,一个原本简单的小问题,只因为自己的无知,最终给身心带来了持久而深重的困扰和痛苦。如果能对自己的身体状况心中有数,就能减少危险的发生。

张羽在书中说:女性自己的身体必须掌握在自己手里。

这部书,是我在备孕时听说并买到的,共三本,里面有好多可能发生在每个女性身上的故事。我边读边感叹:这部书真是女性的"福音"呀!只恨自己读到的太迟了。如果这部书早出二三十年，自己又恰好在那时读到的话……

人生不能假设。不论如何，一个女性，都该为自己的身体健康和心灵成长负责到底。这实在是一个人（不只女性）生命中第一重要的事。

会爱自己，才会爱别人。

对这具身体，我充满了内疚。它与我相伴来到这个世界，我借它生存，实现自己的梦想。它为我劳劳碌碌，承担了太多重负，又为我受尽了痛苦折磨，而我，却不曾停下追名逐利的脚步，去休养它，去照顾它，去保护它，去爱它。我不曾对它说过感谢，甚至心中从不曾闪过感谢它的念头。

而它，却任劳任怨，像一条愚忠的狗一般，忠诚地支撑着我在人间摇摇晃晃的步履。

——尤其是这个子宫。

近年，我曾一次次将手掌放在小腹处，对她说"对不起"，用自己的方式跟她沟通。那一刻，我知道她并不只是一个身体器官，而是一个伟大的事物，她有着母性的全部灵魂。

她由平滑肌组成，为了容纳那个不断长大的小生命，她可以将自己拉伸扩展二十倍之多。她的内膜一次次脱落，又一次次重生。即使一次次受到损伤，也尽力自我修复着，她有着"不死鸟"般超强的再生能力。一次又一次的刮损会使她变得瘠薄，百孔千疮，但只要她还在，她仍会努力用全部的温柔，铺好绵软的温床，等待那个生命的降临。

曾在博物馆看到一个圆圆的陶瓮，看上去像先民用来盛装粮食的器具，但实际里面盛的却是夭折的孩子。这是远古时代一种特殊的墓葬形式——瓮棺葬。瓮棺一般用来收殓婴儿、幼儿或少年的尸体，而瓮、盆等中空的容器，象征着母亲的子宫。或许，因为孩子太过幼小，人们不忍让他（她）在黄泉路上独自漂泊，希望他（她）重归母亲温暖、安全的子宫，安住在温暖的羊水中。这里，无雨无风，没有恐惧，只有全然被接纳、被包容、被呵护的幸福。

那年，八十八岁的姥姥不幸被灼伤了，我奔到医院去看她。换药时，我看到了她缩在病床上的赤裸的身体，只有小小的一摊。那身体上浓缩了这个人一世的沧桑。那是我记忆中慈爱的姥姥，是手脚麻利从不闲着的姥姥，是心胸敞亮阳光乐观的姥姥，是生育过八个儿女养育了二十四个孙辈的姥姥，现在只剩那么小的一摊肉体。那，不就是我们所有人的最终结局吗？

姥姥一生以勤劳、能干、坚强、泼辣而出名，被乡亲和孩子们称道。八十八岁高龄，如果不出意外，她仍然可以提起半桶水去浇菜，仍然可以挥起斧头劈柴，仍然可以骑着三轮车到儿女家去送菜，仍然可以抱起一个又一个重孙。可是，佘太君般厉害的姥姥，终究敌不过无常，终于躺倒在医院的重症监护室里。看着她那生育过那么多儿女的苍老而干瘪的肉体，那被儿孙和岁月吸干了最后一滴汁液的身体，我的泪水横流。

也是那时，我从妈妈和姨妈们的谈话中得知，姥姥早在几十年前就因病切除了子宫。那个因孕育了近十个生命而受尽辛劳的器官，早已完成了它的历史使命，黯然谢幕……

"英雄母亲"这个称号，不仅要给姥姥，还要给她已失去的那个器官。

姥姥是我一生中读到的最励志的书，我从中读懂了生命的坚韧与刚强，更确切地说，是母性的坚韧与刚强。

在医院妇产科等待向医生咨询时，屋子里挤满了等候的妇女。一个极矮小、瘦弱，挺着一个突出的大肚子的女人正在做产检。她圆滚滚的肚子上皮肤绷得发亮，中间暗红色的刀疤像一道巨大的拉锁，或者更像一条血色的蜈蚣，面目狰狞。我的目光像触到电般赶紧收回，心惊不已。原来，她已经剖过两次了，现在是第三次怀孕，这次还是得剖。

我不知道，肚子被剖三次是一种什么样的感觉。毕竟，人的肚子不是拉链，可以随时拉开，随时关上；也不像某些市政工程中的拉链马路，可以随时挖开，随时填上。肚子，由肉、血管、器官、神经、网膜等组成，样样都是鲜活的，碰哪样都会痛。有多痛，也只有当事人自己才知道。任何言传都与真实情况相差甚远。

我很想问那个女人："你为什么还要生？你是自己想再生的吗，还是你背后有一个渴望拥有男孩的男人或公婆？"

不论什么原因，痛苦的最终承受者只能是她。而且，这样的女人，并不少见。

相较于那些承受了三次剖宫产的人，相较于姥姥，我所受的那些痛苦显得多么微不足道。为什么同样受过伤害，姥姥和那些女人能继续生活得泼泼辣辣，而我却从此戚戚自怜呢？

其实，我从内心里认为我仍是个幼小的女童，很弱，很小，自卑，直到中年仍是。我并没有成长为真正的女人。

即使身体伤痕累累，十几年里有过两次意外怀孕。但我能感觉到，那个伤痕累累的器官，从未断绝过再次孕育生命的念头，她像一个弱小的母亲，只要还有一口气，就尽力托举起自己的婴儿。

生命本身，是最坚韧的东西。他只想破土而出，然后蓬勃生长，度过属于他的那一季。

半生忙于赶路，从不曾停下来擦擦脚上的泥；一直使用自己的肉体，从不曾停下来关注这具"皮囊"。人到中年，才开始关注身体。

开始关注后，就走进了另一个世界，学习了女人成长中最重要的一堂课。这堂课，是身体教给我的，更准确地说，是身体的一个重要器官教给我的，她就是我的子宫。

原来，我们的身体，自包蕴着一切问题的答案。

我常常问身体中那个柔软又坚韧的核：伤痕累累的你，还能哺养一个新的生命吗？

中药苦口

备孕的那些人，那些事

那些日子，县计生服务站门庭若市，孕前检查的队伍像长蛇一样从三楼逶迤到一楼，又从一楼蜿蜒到院子中。一对对夫妻，嫩老混杂，其中不乏年貌如我们这般沧桑的。熟人见面，彼此报以心照不宣的尴尬的笑。

曾经的泛泛之交，此刻突然都心意相通，竟像是知音老友了。因为大家有了共同的目标，共同的语言，且都加入了同一个组织——"二胎党"。

不论是教师、农民、司机、商贩、企业员工还是政府职员，不论是小老板、大老板还是多大的官员，现在，一律摘下了所有的头衔或标签，还原回本真的模样，为生二胎的渴望来到这里。

咨询的问题更是五花八门。

"已经大半年没来月经了，还能怀孕吗？""我做过子宫肌瘤手术，子宫功能还行吗？""我抽烟喝酒十年了，会不会影响精子质量？"……

荒弃已久的田地，肥力瘠薄，很难再长出庄稼；即使土沃地肥，干瘪残损的种子怕也难以在其中生根发芽。不论如何，都得好好调理一下。中医调理迅速成为"二胎党"们的热门话题。

网上也流传着各种中医调理的药方，大多数人并不敢相信。外地的名医，才是我们踏破铁鞋去求的。有朋友夫妻均为"70后"，先有一女儿，现在刚刚生了二胎，喜得贵子，他极力推荐省城一坐诊老中医，称其医术高明，在调经、不育、保胎、安胎等领域都有很深的造诣。

朋友的成功，本身就是一则硬广告。于是，同城的"二胎党"们闻风而动，相约共赴三百里外的省城。

据说，那位大夫的专家门诊一号难求。为能早些排到号，那天早上五点钟，夜色正浓，我们就沐着寒凉，摸黑上路了。同车共三对夫妻，六个中年男女。一路上大家互相调侃说笑，脸上是掩不住的对未来的向往和期待之情。但"莫道君行早，更有早行人"，我们上午八点到的，到那里却发现队伍已排成了长龙。而同县城的另一拨人马已经看完了，他们提着一包包的药，脸上带着欣慰的笑容往回走了。他们早上四点就出发往这儿赶了。

看完医生，从医院出来时，我们的后备厢里塞满了大包大包的中草药。

中药很贵，而且我的药尤其复杂，既要滋补子宫，又兼疗乳腺增生、子宫肌瘤等问题，开药时让那位老大夫颇费了一番脑筋。我们两个人一个月疗程的药，竟花了四五千元。这要等调理好，起码得花个几万吧？

看我喊贵，平时常被我嫌弃"小气"的琪爸，竟然大手一挥说：":"不贵不贵！钱是啥？孩子是啥？！"

"吃苦"的日子开始了。

对现代人来说，不论做什么，都追求速度与便利。所以，我们和同党们无一例外，都选择了免煎的中药颗粒。虽然免却了砂锅熬药的烦琐工序，但冲泡出来的药汤之苦却丝毫不减。

晚上，在灯光下，我和琪爸相对而坐，分别拆着一袋袋中药。一座大山是我的，一座小山是他的。药袋上奇奇怪怪的名字，引起了我们的好奇，难免要猜一猜是治什么的。

路路通——几乎可以肯定，是疏通的。输卵管等闲置已久的器官，易不通不畅，借此疏通。

王不留行——王不留……行？王……不留行？难道还有什么历史典故？一百度，果然，李时珍老人家说："此物性走而不住，虽有王命不能留其行，故名。"本是麦蓝菜的种子，却能活血通经，下乳消肿。

川断——山川断裂？却非。原来名叫"川续断"，因能"续折接骨"得名。能补肝肾，续筋骨，调血脉。

淫羊藿——名字咋这么色情？据说羊吃后都变得生龙活虎，一旦误食，不久后羊群就会添一些羊宝宝。这药不仅能治阳痿早泄，还能治半身不遂、腰酸腿痛、耳鸣目眩等。

仙灵脾——听起来是很仙很灵的好东西，原来跟淫羊藿是一家子呢。淫羊藿是叶，仙灵脾是根茎，一上一下，名称和效用就略有不同了呢。

……

我们惊叹于自然界物产之丰富，惊叹于中医中药之神奇。想来，造物主造就人类和动物，也周全地为我们造就了可以果腹的食物和可以治病疗伤的药物。人生于自然，吃穿用度一切皆取于自然，自然界有无穷的宝藏和一切的答案，只看你怎么去探索。中医自是顺应自然，取用于自然。

人类能上天入地，可不论多么"厉害"，终究要看清自己，放下姿态，与自然为友。而且，不仅要与自然为友，更要回归自然——大自然是人类永远的母亲。

药在杯中用开水冲泡后，散发出怪异的气味。我和琪爸相视而笑，"举案齐眉"，互相推让，最后，相约一起喝。我俩皱着眉，屏住气，拿出大义凛然的气概，眼一闭，心一横，一饮而尽。

"哇……"我疾奔到垃圾桶旁，几乎要吐出来，胃也跟着闹腾起来。我的药是用三十多副中药配成的。那味道，不是苦，不是涩，不是酸，而是由几十甚至几百种滋味混合而成的，一个"苦"字难以将这滋味形容出来。

琪爸的胖脸上，则现出比药味更加怪异的表情，好像肚子里进了虫子，闹得他又痛又痒，五官都要错位了。我忍不住要笑他，却难以直起身来。

就这样，每天早上和晚上，我俩互相鼓励，一起喝药。琪爸说，这才叫"同甘共苦"。

那些日子，我俩相亲，相爱，相敬，结婚十八年来都未曾如此和睦。原来夫妻想要和睦相处,就得培养一个共同的目标。共同目标大于一切分歧,也消解了一切分歧,这样,才能两人同心。两人同心,才能战无不胜。

一个多月后,我们的口舌已经习惯了中药的味道。人的适应能力是非常强的,从抗拒,到接受,是必经的过程。让人惊奇的是,先前因手术后遗症(盆腔粘连、盆腔炎)而经常疼痛的小腹,不再疼痛;因乳腺小叶增生而经常出现的乳痛,不知何时也消失了。我的睡眠情况也好了很多,心态平和,兼之每晚锻炼,且开始讲究饮食,那段时间,气色竟也好了不少。

中药,真好!

那些小毛病与我相伴了十几年,也纠缠了我十几年。既然喝一个月的中药就能够解决,过去的十几年里,我为什么不主动去求医呢?

过去,太忙了,太懒了。忙于工作,埋头于各种琐碎的事情中,无法抽身。从不关注自己的身体,忽视了自己的健康。身体劳累,也不知休息。生了小病就靠拖,殊不知,大病都是这样累积起来的。大病从不会不请自来,都是有前因后果的。而一旦大病(大限)来临,后悔都来不及了。

这之后,我常告诫亲戚朋友:要关注身体,重视健康,防微杜渐。只有对自己负责任,才能对别人负责任,才能负起整个家庭的责任。

中医和西医对于调理身体,各有所长。但中医是国粹,有几千年的传承，其"治未病"的理念深合"天人合一"思想，是建立在对大自然深深敬畏的基础之上的。

其实，我们这样的药物调理，已是在治"已病之病"，已是在调"亚健康之身"了。真正的调理，在于调"心"，在于健身，在于一个人的思想方式和生活方式的彻底转变。

小区里那对奇怪的夫妻
好的生活方式是拯救自己的良方

小区里搬来一对夫妻，男的健壮，女的清秀，面相也和气。奇怪的是，这对夫妻每天早出晚归，从不串门聊天，也不参加楼下的牌局。邻居们对他们都感到很陌生。直到有一天，他们家传出了婴儿的啼哭声，大家才恍然大悟：哦，原来他们在造小孩呢！

以上是我怀孕后琪爸的一篇口头戏作（掩不住内心的得意），权当作我们备孕生活的一个引子吧。

我们所住的这个小区特别热闹、和睦，似乎是爱热闹的人的集中居住区。

楼下的小公园，白天有老年人扎堆带娃、聊天，晚上中青年人扎堆打扑克，从春到初冬，每晚都打到半夜，更兼有闲杂人在旁围观助阵，每个夜晚都像赶大集，更有过多次打着雨伞"夜战"的奇观。

这里面当然没有"新来的那对夫妻"。

他们在忙什么呢？邻居们免不了好奇。甩扑克的间隙瞥见那对夫妻都穿着运动服、运动鞋，装束齐整，走路带风，一前一后快步向小区外走去。

原来，他们喜欢健身呀。

当然，他们并不只喜欢健身。

其实，打牌也好，健身也罢，都只是不同的生活方式而已，不过是在自己可以支配的时间里，做自己喜欢的事，谈不上哪个好，哪个不好。

就像生二孩，生与不生，也都是个人自由，是个人的观念与人生规划，谈不上哪个选择更好或更不好。同龄人中，好些是想生而身体不能如愿，也有好多是不想再生的。有位朋友对我们想要二胎的决心感到惊讶。她说："工作已经占去了人生的大部分时间，现在孩子大了，我们的好时光也所剩不多了，正该借这机会去享受人生，做自己想做的事，实现自己的梦想。人这一辈子，不能总养孩子呀！"

她说的，我也曾想过。我何尝不想拥有自己的生活呢？我何尝不想实现自己的梦想呢？人生苦短，为欢几何？

可是，生儿育女，将一个伟大的（每个生命都堪称伟大）生命接引到世间，并陪伴他（她）成长，又何尝不是一件超幸福的事呢？这不也是我们重新认识世界、建构世界的过程吗？这跟人生的理想冲突吗？

我能想象到中年养育二孩的劳累和艰辛，但我仍愿放下一切，接引那个生命到来。

上篇　呼唤

我和琪爸不是从放开二孩才开始健身的，我们是健康出现问题后开始"急抱佛脚"的。当然，后来，有了新的动力。

　　像很多国人一样，健康出问题前我和琪爸并没有健身的概念，我们的健身是被迫的。青年时没有筹划，得过且过，直到青春逝去，钙质流失，身心全面进入亚健康，各种小毛病不断侵扰，且身边不时有亲朋脑溢血、心脏病等噩讯刺激，才使得我们警惕起来，开始反思自己的生活方式。于是开始了管住嘴（控制高油高脂的摄入）、迈开腿的健身活动。

　　每年单位体检，很多人都会发现自己出现了"三高"（高血压、高血脂、高血糖）及其他问题，林林总总，不外乎是些现代社会的"富贵病"。每次体检后，都会有一阵健身潮，人们纷纷离开电视和沙发，离开酒桌和牌桌，去快走、慢跑、暴走、跳广场舞……这样的健身队伍被戏称为"怕死队"。但能长期坚持下来的人总是少数。那些坏习惯，往往不久后又会被重新拾起来。锻炼次数日稀，到下一年体检后，会再出现一次新的健身潮，如此循环往复。

　　不改变内心的观念，很难彻底改变生活方式。

　　小区的南边是河，东边是湖。以两桥为端点，沿河往返一周，约四千步；以另两桥为端点，沿湖环绕一周，约一万步。这些，是我们用双脚量出来的。

　　每个夜晚，水岸边的路灯亮起，水面上漾动着金色的灯影。路，像脚下的一条游蛇，穿越景观带的树木亭石，游向远方。在这样的夜色湖光里散步或慢跑，实在是件很享受的事。

我和琪爸一起出发，先一块散会儿步，然后我慢跑，他快走。这样，我跑两圈，他走一圈；我跑三圈时，他就走一圈半了。然后，我们会合，一起走回家。每晚健身约一小时到一个半小时。

刚开始跑步时，身体像久不使用已经生锈的机器，双腿绵软无力，上气不接下气，心也狂跳不已，身体的每个细胞都在抗拒，都在喊"别跑了别跑了"。等到能调整呼吸，身体慢慢适应并形成自己的节奏后，跑步就成为一种享受了。

心中默默数着步数，后来改成看参照物，一盏路灯，一棵树，一处拐角，都成了短期目标和长期目标。心中不断告诉自己要坚持，不时为自己叫好，对自己的身体说：不要偷懒，要适应运动，要强壮起来，我们人类可是在运动中成长进化的呢！

的确，多吃少动的现代生活，违背人类的运动天性，人类怎么能不生病不生赘肉呢？想想我们的先人，从茹毛饮血时期的捕猎，到农业社会的劳作，总需要不停地奔跑、跳跃、举臂、伸腿、弯腰、直腰……怎么会有赘肉？怎么会有"三高"呢？

就在这心与身的对话中，肌肉好像接受了我的说辞，竟不再疼痛，而是专注地参与进这场运动里了。大汗淋漓，热气升腾，仿佛整个身体的脂肪在燃烧，我也祈愿它能充分燃烧。

每当跑到这样的状态，就难以停下来。跑完这段路，还想再跑另一段，仿佛没有涉足过的远方，会有无限的精彩在等待。而我，为了多跑几步，很想把每一个脚印印在不同的路上——"盖章有效"。

一天，两天，三天……当跑步像吃饭一样成为常态，我突然发现：已经不需要再默默数步数，不需要再寻找参照物，也不再盼望赶快跑完回家了。"目标""任务""坚持"等字眼已荡然无存，仿佛脚下已不是或长或短的路，而是一台跑步机，我在原地享受着奔跑，我的世界里只剩下了奔跑。奔跑时的每个动作，都是身体的尽情舒展、生命的尽情绽放，被伏案久坐压抑了的生命活力，正喷薄而出。

此时，怎么还顾得上去想跑多久和何时结束呢？

过程是用来体验的，或者说，是用来享受的。过程，就是一切。结果，已不重要。

路上，经常会遇到也在健身的人。他们或走或跑，或两人相偕，或单独行动。同在路上，虽不搭话，却自有一种默契在。

为了激励自己运动，我们曾经使用过"悦动圈""微信运动""平安好医生"等手机APP，戴着运动手环，拿着手机，不时关注任务的完成情况，看距目标还剩多少里或多少步，看燃烧了多少卡路里。还曾尝试过参加团体任务，被圈友、队友们打电话逼问完成情况。最终，这些外部的刺激手段全部废止不用。因为一个真正的健身者，是不需要这些外部刺激的，不论是惩罚还是奖励。

运动犹如世事的因果，有火自会有烟，有光自会有影，效果或迟或早必然会有的。两年运动下来，不仅体质明显增强了，而且赘肉也减少了，以前因久坐而经常疼痛的肩、背、腰部也放松了。

琪爸不过一年时间就减掉了十五斤体重，腰围缩小了两个码，从身体到精神，都不再是那个动辄浑身酸痛，被高血压威胁的"沙发土豆"了。

过去长期的锻炼，为我们的"二胎工程"打下了良好的基础。我们无意之中，成了"早做准备"的人。

日子就这样一天天过着。身体，成了愉快奔跑或急走的机器。走或跑之时，匆匆的步履将白天的海量信息和俗事杂务悉数屏蔽，内心是静定的，只凝视自己，陪伴自己。这样的健身运动，反倒另有了一种禅意，成了一种别样的禅修方式。

最初开始跑步源于《当我谈跑步时我谈些什么》这本书给我的启发。后来，从我和琪爸的实践中，我明白了像村上春树在书中所说的，所有事情的意义都远超事情本身。

好的生活方式实在是拯救我们生活的良方。

铿锵二胎党，求子进行时

现代科技手段与顺其自然

自然界中，阴阳和合，孕育生命，本是件极普通极平常的事，人和动物同理。但近些年，孕育似乎成了一件不太容易的事情。常传入耳中的，是"不孕不育""宫外孕""胎停"等词汇，这些不仅发生在大龄女性身上，连刚结婚不久的青年女性也时常出现这些问题。有人说与人们不良的生活方式有关，有人说与环境污染有关，有人说与转基因食品有关，还有人说可能与药物的滥用有关。种种说法，莫衷一是。这使想生育者更多了一份紧张。

二孩全面放开后，据统计，在适龄人员中，要二胎意愿最强烈的是"70后"群体。这个群体年龄多在四十岁上下，家庭、事业都比较稳定，有了一定的经济实力。然而四十岁上下却已不再是生育的最佳年龄，甚至有的女性在这个年龄已经卵巢早衰、闭经，提前进入了更年期。这批人真正要生时，面临的种种"硬件"问题相当多。

一样的年纪,一样的尴尬,作为"70后",琪爸和我都四十多岁了,能不能顺顺利利地怀孕,生下一个健康、聪明的宝宝,对我们来说都是未知的。

孕前的各种准备和检查就显得尤为重要。

县计划生育服务站提供免费孕前检查,包括生殖系统、肝功能、传染病、妇科B超等项目,我被检出多发性子宫肌瘤,最大的一个直径有两厘米。

我对大夫说:"前几年,它一直只有一厘米,几乎没有变化过。"

大夫淡淡地说:"它是活的,是会长的。"

是的,它是活的,是会长的。它是子宫这片沃土中的杂草,它威胁的,首先就是我将要播种的"庄稼"。

子宫肌瘤是一种常见的良性肿瘤,至少有20%以上的女性都会生肌瘤,据说直径不超过七厘米或不影响正常生活是不需要做手术的。为什么近些年患子宫肌瘤的人越来越多?可能与生活方式、生活压力有关,也可能与B超等现代科技手段的普及有关。还有一个原因是,现代女性生育少,雌性激素分泌过剩,"子宫不长孩子就长瘤子"(《只有医生知道》中某医生的朴实话语)。

对一个普通女性来说,肌瘤似乎是位无益但也暂时无害的"不速之客"。但是,对于备孕的人来说,肌瘤却是一个危险的因素。它可能影响受精卵的着床,可能在怀孕之后受激素刺激突然疯长或变质,成为"定时炸弹",也可能与胎儿争夺营养,还可能影响胎儿的活动……

　　前些年检查时肌瘤只有一厘米，医生说可以忽略不计。现在竟然长到两厘米了，虽然医生说不影响要二胎，但我担心自己恰好是倒霉的那个，说什么也得先把这个"定时炸弹"挖除。于是，去省城找中医调理时，要求他给我开点抑制肌瘤生长或消除肌瘤的药。老中医稍显犹豫，说滋补子宫与控制肌瘤恰好是两个不同的方向，但他沉吟片刻，仍给我开了药。所以，我的药方中，约有三十多种中药，滋补子宫、治疗乳腺增生、消除肌瘤等，价格当然也"十分乐观"。一个半月的中药喝完，别的病痛都消失了，但去医院检查，发现肌瘤不减反增了半厘米，成长速度惊人。难道是因为吸收了中药的营养？

　　尽管老中医又给配了药，但我决定放弃调理了。因为除了肌瘤问题外，其他方面调理得都很好。虽然他说这药不影响胎儿，怀孕后他会调整药方，改为安胎的小方，可以一直喝到生育，但我不想一直喝药，我想让身体就此离开药物，没有任何药物的干扰，在最自然的状态下，迎接那个新生命的到来。

　　关于肌瘤，我专门请教了医院妇产科的大夫，她说，即使是两三厘米的瘤，一般也不影响怀孕，再说，过多担心也没有用，碰上啥问题再解决啥问题，还是抓紧备孕要紧。

　　"像你们这个年龄，说不准啥时候就停止排卵了，这个月能怀上，下个月或许就不行了，抓紧吧！"大夫劝我。

　　已是2016年的3月，天气晴暖，寒冷知趣地悄悄走远了，玉兰、迎春花盛开，田野的枯草之下绿意萌动，真是个惬意的时节。

这是个适合播种的季节，也是个充满希望的季节。

"同一战壕"的姐妹们，很多都去医院另做了激素六项、甲状腺三项或六项等检查。检查到有缺陷的忙着补，检查正常的忙着用 B 超或排卵试纸监测排卵。但我不想折腾了。对自己身体有了信心是其一，决心排除外界的干扰顺其自然是其二。

为了备孕，琪爸已经有好几个月不喝酒了（他不抽烟）。

琪爸是喜欢喝酒的。"狐朋狗友"小聚，他必喝得醺醺然，回家说些自我满足的醉话，然后睡成泥块。

如果没有朋友邀约，他会自己在家弄上两个菜肴，一边看电视，一边用小酒杯喝上二两小酒。

高血压吓得他主动健身，却断不了他的酒瘾。喝酒、吃饭、睡觉，是他一生中坚持完成得最好的三件事情。

但自从在湖边收到那个激动人心的消息后，他开始滴酒不沾了。同学好友相聚，任凭别人怎样相劝，甚至某次他的表哥硬按着他要将酒灌进他嘴里，他仍咬紧牙关不从，其实，我知道，他暗地里不知偷偷咽下了多少口水。

这点让我很满意。是个喜欢孩子的男人，是个真心想要二宝的男人，是个负责任、自律的好男人。

这样的男人，是该得到奖赏的。即使不奖给他一个二宝，也得奖给他一份健康保险吧。

春天的田野，是生机勃勃的。只要勤劳，就能够种瓜得瓜，种豆得豆。播种生命，也是一样的。

我买了包测排卵试纸，却吃惊地发现测不到排卵！一次也测不到！

难道我的卵巢已经枯竭了？

同时备孕的姐妹们建了交流群，在里面叽叽喳喳地交流，也互相鼓着劲。同一条路，大家一起走，就不觉得孤单。此时，很多原本很私人的问题，也不再是什么隐私和忌讳。其实大家发愁的问题，也都大同小异。有些在医院B超下监测到正常排卵的人，竟然也怀不上孕。

也是在这段时间，我读到了北京协和医院张羽医生的《只有医生知道》。这是一本资深妇科医生写给女性的书，里面充满了对女性的关怀。其中一部分专写备孕、怀孕这些事。我从中学习到了一个理念：生育本是最自然的事情，它应当自然而然地发生。

正如张羽医生所说，女人"早生孩子，多生孩子"，是顺应身体生长规律的自然之事。而求子，更应该顺其自然。自然界中，哪种动物的孕育，都不是在各种仪器的监测和计算下完成的。将这简单的事情变复杂的，也只有人类了。

于是，我放弃了所有外部的辅助手段——检测试纸、受孕期推算，让一切回归自然。

只要两个成年生命是健康和充满生命活力的，那么，促成一个小生命，也如春风化雨、百草萌芽一样，是自然而然的事情。

生命的前来，自有其机缘和时间。

天上有颗星

与一个遥远生命的呼应

我们真的会再有一个孩子吗?

安琪儿的弟弟(或妹妹),那个经常被安琪儿念叨的孩子,是还未来到的真的生命,还是子虚乌有的虚构人物?

一切,都是未知。

没有人能告诉我们未来会发生什么。人在茫茫的世界中,是弱小的,尤其面对不可测不可知的未来,人显得既无知又无力。号称"万物之灵长"的无所不能的人类,发展科技,改造自然,但是,在未来面前,人类意识到了自己的渺小,承认了自己的渺小。

2016年2月8日是春节,大年初一。照我和琪爸的习惯,这天早起,要各自在心里默默做个新年的祈祷,这祈祷就是个祝愿。

我知道,我和琪爸的祈愿是相同的——顺顺利利地生个健康的宝宝出来。

我的祈愿中是"宝宝",而不是"男宝"。我相信,上天自有安排。在上天那里,并没有什么男女的分别,男女都一样。孰重孰轻,孰尊孰卑,都是人们的观念使然。

这个宝宝是男是女,真的不重要,只要他(她)健康就好。

甚至,如果将来没有生出二宝,也无须沮丧。生二宝,只是选择了一种生活方式。人生还有很多其他的生活方式。

无论如何,生活本身最重要。

琪奶仍以她的方式表达着自己的期盼。她像往年一样,大年初一一大早就在家中"发钱粮",供奉水果、点心、饺子,烧纸,上香,虔诚地祷告一番。然后告诉我们:"我都跟神仙们说好了,你们就放心吧!"

可能是她自己仍不放心,又拖着时常疼痛的腰和腿,去山上为我们求了"观音灵签",说是上签。

我并不懂这个,倒是签上的内容,引起了我的兴趣:

目连救母

吉凶宫位:上签酉宫

君皇圣后总为恩,复待祈禳无损增;一切有情皆受用,人间天上得期亨。

签语:

此卦天垂恩泽之象。凡事成就。大吉也。

"目连救母"是个佛教故事。目连(即"大目犍连","目连"为其略称)是佛陀的大弟子,佛门尊者。目连始得"六通"后,想要度化父母以报哺育之恩,却发现亡母因生前作恶而沦落于地狱的饿鬼道中,受尽折磨。目连盛饭奉母,但食物尚未入口便化为火炭,其母饿而不得食。目连非常哀痛,于是乞求佛陀。佛陀告诉目连,其母罪根深结,非一人之力所能拯救,应仗十方众僧之力方能救度。于是,目连在七月十五日为父母供养十方大德众僧,以此大功德救度了自己的母亲,并普度了别人的父母亲。这也是佛教中"盂兰盆法会"(盂兰盆节)的由来。

虽然我不喜欢这些算命预测的东西,但是,"目连救母"这个故事让我心生感慨,这也许真是个"吉兆"。

怀孕,就是感召一个生命到我们的生命中来。也许,他是个如目连一样拥有大智慧的生命,那么,因为他的到来,我们的世界将会变得更好。但也许,他只是一个普通的生命,不管怎样,我们都愿陪他一起成长。

不论如何,他的到来,都将使我们的生命得到完善和升华。我们将因为他的到来,重新认识这个世界,认识生活。

他(她)是前来拯救父母的目连,没错!

从此,他(她)就在我们的生命中了。

虽然我想象不出他的具体形象,但,他是个活生生的生命,很完美,很真实。他时刻跟在我的身边,很小,很乖。我一伸手,就能抱住他,搂住他。睡觉时,他依偎在我的怀里;走路时，他像条小尾巴一样紧紧地跟在我的身后；坐车时，他坐在我的膝上，被我的双臂紧紧环绕着；我和琪爸出去散步，他蹒跚在我们中间，两只小手一只牵着琪爸，一只牵着我。

傍晚，走在办公大楼的楼道里，夕阳斜照过来，一个小小的身影紧跟在我身旁，不说话，走路轻轻的。我们娘俩就站在夕阳里等电梯，一高一矮，两个身影紧挨着。

晚上，散步走上湖边的大桥，伏在桥栏上看湖面上的天空。天上稀落落地排着几颗小小的星星。

如果，一颗星星对应着一个生命，那么，哪颗是我们的二宝？他是不是也在遥远的地方寻找着我们，呼唤着我们？跟我们一样充满期待，同样焦急？

什么时候，我们才能在这世界中相会？

对安琪儿讲起最近我出现的这些"幻觉"或是"想象"，安琪儿笑着点头说："不错！不错！老妈，你这样想下去，就会变成真的。就像我，我一直想象着自己考上了北大，在未名湖边读书、散步……"

后来，偶然翻到一本现代心理学的书，才知道我们的这种"想象"类似于"冥想"，竟然也是禅修和瑜伽的修炼方法之一。深入禅定，制心一处，不仅能使身心静定，而且还能使梦想成真。

虽然我一直拒绝刻意，但如此看来，我终究还是有所求的。

其实，我只想松开手，静静期待。甚或，连期待都不要有。
可是，孩子，妈妈的爱已在这里，等着你的到来。
太多的爱已在这里，等着你的到来。
放心地来吧，孩子！

中篇

孕育

好孕（运）来

感谢你选中了我们

人间三月，天气持续回暖。生活依旧，白天上班，晚上健身，周末做家务。周而复始地重复。

这样的时节，美好到让人想唱歌。也不必唱，这一树，一花，一景，一剪风，都是歌呢。不知道在这么明媚的春光里，属于我们的那个小生命，是不是正在赶往我们身边的迢迢的路上呢。

像往常一样快走或慢跑时，肚子有点酸酸的胀痛，这是自中药调理以来久已没有的情况。然后，心中肚中有种空落落的感觉，寡淡得很。于是便缠着琪爸带我去吃麻辣鱼和烧烤。

身体微妙的变化，自己感觉得出来，却没有在意。几天后，用早孕试纸验了一下，有极浅淡的线痕。隔天再测，线痕又变深了些许。

孩子，你来了?!

原来,最早感知到孩子来了的,不是试纸,而是自己的身体。

琪爸一副不太相信的样子,他说:"太早了,还不一定吧,去医院查查吧。先别告诉别人!"

但我知道,孩子来了,确定无疑,根本不需要现代科技手段的验证。

那天傍晚,去学校给安琪儿送饭,忍不住告诉了她。安琪儿狂喜,小心地打量着我的肚子,想伸手触碰,又猛然缩回去,认真地说:"妈,从现在开始,你别再给我送饭了。要全力照顾好我弟弟。走路要慢点,别再到处乱跑了……"

过了一会儿,又安慰我说:"妈,别紧张,即使生个妹妹,我也是喜欢的。"

说完,破天荒地在我脸上亲了一口(以前,她总嫌我的脸很油,从来不肯亲我,只亲琪爸)。

这天早上,去医院空腹检查,验血验尿。下午,去取结果,报告显示:孕 4 周 +3 天,HCG1948,早孕,正常。

根据医生的建议,十三天后,再次去验血。HCG52864,孕酮21.2。HCG 翻倍正常,基本可以排除宫外孕。但孕酮略低,医生给开了黄体酮胶丸。

回家后上网查询,才知道人们对孕酮低是否需要补黄体酮来保胎是有争议的,黄体酮在国内似有滥用现象。还有网友说,补黄体酮太多会影响胎儿及胎盘。再说,我并没有腹痛、出血等先兆流产的任何症状,孕酮值属正常范围内略低,而非过低。在

《只有医生知道》中,张羽医生也说黄体酮并非保胎的万能药。网上咨询了"平安好医生",得到相似的答复。于是决定不吃黄体酮,只用饮食调理。因为坚持到孕三个月,胎盘逐渐形成并发挥作用后,就可以自己分泌孕酮了。

琪爸立即开始行动,每天像搬运工一样,不断将蔬菜和水果运到家里,每天早起为我手工打豆浆——据说豆浆能补黄体酮。

去计生办要求建孕期档案,工作人员问了我的怀孕天数后说:"你太着急了,这才几天?过段时间查到有胎心了再来吧。"

医生也建议过几天再去做B超检查看有没有胎心胎芽。现在"胎停""生化"现象太多了,难怪很多人孕后三月又没有动静了呢。此时一切仍是未知,萌出的小幼芽说不准什么时候就会夭折。

我没有去做B超。我觉得,一个生命自有其生长的速度,快慢也应该是不一致的。如果过早去查,没有胎心,反弄得自己紧张兮兮的,影响心情。而且,照医生的建议,如果没有胎心胎芽,是要立刻进行流产和清宫的。也许,一个生命,就因为长得慢了一点,就被当作残次品而错误地薅除了。

我相信自己的孩子。还是多给他一些成长的时间和空间吧。生命的到来太不易了,多给它一点时间,一点机会,有什么不可?

三个月之内,我不想再打扰他。三个月之后,计划生育服务站提供的免费B超检查时间就到了,那时,胎儿已经初步成形,不仅能检查胎心,还能检测很多其他的重要数据呢。

孩子,我不愿你受到任何潜在的伤害和威胁。

现在，不仅怀个孕变得异常困难，就是怀上之后也提心吊胆的，担心宫外孕、流产、胎停、畸形、早产、难产……这担心将一直持续到孩子出生。特别是大龄妇女怀孕，更是有种种顾虑。

但我一直觉得，适当担心是可以的，若过分担心，反而对母亲和胎儿都不利。如果本就无缘，你留也留不住；如果有缘，你赶也赶不走。

当然，这只是一种思考和对待事物的方式。因为有了这样的想法，我的心反而宽了不少。

确定怀孕后，我在手机上下载了"宝宝树孕育"APP。注册时输入末次月经时间，"宝宝树"会自动显示宝宝成长的相关数据。比如这一天，显示：你离预产期还有243天，宝宝顶臀长0.2厘米，体重0.2克。

给安琪儿的电话里，我说："安琪儿，你弟弟已经0.2厘米了。"正急着去上课的安琪儿气喘吁吁地说："就是2毫米吗……怎么那么小……"

满三个月后B超查NT（颈后透明层），这是我怀孕以来第一次做B超。要面对的，是孩子是否正常的问题。答案即将揭晓，我平躺在床上，内心有些忐忑。结果出来了：宝宝胎心158次/分，正常；顶臀7.2厘米，比实际周数要大出两周（难不成要长个大高个子？）；NT正常。原先的两个子宫肌瘤，三个月来竟未见增长。真是幸运！

感谢我的这具布满伤痕和劳尘的身体。

孩子，你终于来了。

网上有个传说：每个孩子曾经都是天使，他们趴在云朵上，俯瞰着尘世，认认真真地挑选自己未来的爸爸妈妈，他们看中了哪对夫妻，就丢掉天上无数的珍宝，光着身子，像个一无所有的小乞丐一样坠落人间，来到爸爸妈妈的生命中，做他们的孩子。

这个故事那样美好，那样触动我们的心。琪爸总说："宝宝能选咱做父母，是看得起咱呀，咱一定要对得起他……"

从此，琪爸每天兴高采烈地买菜、做饭，陪我出去散步，走起路来脚步更加轻快。一有空就擦洗家里的角角落落，还说："家里这么脏乱，宝宝来了会嫌弃我们的。"

带琪爸去商场买衣服。原先，他的衣服都是自己买，选的款式，同他的思想一样老旧。现在，我亲自上阵，为他挑选显年青的款式，还别说，新装上身，琪爸整个人都年轻了十岁。

琪爸有些不习惯。我说，我们这对当爸妈的，本来年纪就大，要是再不注意打扮，会显得更老更土，宝宝将来会嫌弃我们的。他上幼儿园后，这么老土的爸妈去接送他，他在别的小朋友面前会觉得很没面子的。

瞧，宝宝还未出生，却已经在改变着我们了。

晚上散步，路遇老同学，她感叹我是高龄孕妇。她说：四十二岁，不论怎么打扮怎么掩饰，都藏不住岁月的痕迹，将来，送孩子上学，也会与大多年轻家长有明显差别，多尴尬呀。仅为这一点，她就放弃了生二胎。

孩子，妈妈多想在年轻时生你，早些与你相遇。可是，政策不允许，机缘不允许。现在，妈妈已有大把的白发，将来，妈妈也许会衰老得更快。

可是，妈妈会努力改变自己，希望你将来看到的，仍是一个年轻、优秀的妈妈，一个比以前有智慧的妈妈。

但愿，相逢虽迟，风景依然很美。

我给他取了个乳名叫"蹦蹦"。

这是十七年前我第一次怀孕时，给腹中孩子所取的名字。那时，胎动特别厉害，天天像在闹地震。我们都猜是个男孩，连一个熟识的中医给把脉后也说很大概率是男孩。于是，我给孩子取名"蹦蹦"，希望孩子出生后会像蹦豆子一样结实、健康、活泼、好动。琪爸天天隔着肚皮对他说："蹦蹦，赶快出生，赶快长大，爸带你去踢足球！"但孩子生下来，是个女孩，亲友们都说叫"蹦蹦"不太合适，于是我临时给她改名为"安琪儿"。

的确，这个生命，是个不折不扣的安琪儿，是飞到人间陪伴我们的天使。

而蹦蹦，则退居一隅，成为我们的另一个梦，蛰伏许久的梦。

现在，这个闲置了十七年的名字，再次被我们使用。我内心有股直觉，这次应该是个男孩。即使是个女孩，也一样叫"蹦蹦"吧，只为了重拾这个名字。

从此，蹦蹦来到我们的世界里，跟我们在一起了。

那段日子,我们家中"孕气"十足。放在老家的一口旧鱼缸里,养着两条小黑鱼。前几天琪奶回家,偶尔往鱼缸一瞥,吓了一跳:水中黑乎乎一大片,像是漂浮的黑芝麻。仔细一看,原来是一条条极微小的黑鱼,刚出生不久的样子,跟着它们的爸爸妈妈在水中欢快地游来游去。

我怀孕后,琪爸花三百块钱买了一棵幸福树,放在客厅,以纪念蹦蹦来到我家。这棵树长势良好,经常在清早,轻轻摇晃刚刚抽出的新枝和刚刚萌出的新叶,友好地向我们打着招呼。枝叶不断冒出,蓬蓬勃勃的。我们为它取名为"蹦蹦树"。

这,真是一个适合孕育的时节。

痛苦与幸福相携而行

孕期反应点滴汇

怀孕后,我的身体和心理都在持续发生着变化。怀孕中的女人与其他怀孕中的雌性动物是相似的,一样身负重担,蔫不拉叽,性情大变。安琪儿幽默地称我为"抱窝的"。

先是口味变了。原先爱吃的食物,如肉、蛋等,现在看到就恶心。吃东西时,胃开始像煮沸的锅,喊喊喳喳的。吃多了,"烧心"不断;吃少了,就用绞痛来抗议。恶心,是这段时期的主题。喉中像含了一个圆圆的滑滑的蛋,总想吐,却吐不出来。恶心像个无形的怪物一样,住进了我的心里。不论怎样,都挥之不去。

此时,味觉和嗅觉也发生了奇异的变化,我对油烟味、腥味,甚至别人头发的气味,都异常敏感。凭借想象捕捉到各种可疑气味后,马上开始干呕。从此所有的美味食品,包括我之前爱吃的,全都变得面目可憎起来。

怕我待在家里憋闷,琪爸陪我到外面散步。可是,汽车的尾气、空气中甜丝丝的花香、小贩摊上爆米花的气味,甚至商店招牌上菜肴、肉食的照片,都会引发我阵阵干呕。

当时民间盛传,怀孕后每天吃一个鹅蛋,宝宝出生后就不会生黄疸。于是,鹅蛋市价一度飙升到五六块钱一个。每天早上,都有一个煮好的巨大鹅蛋在桌上等着我。而我一看见它,就立刻报之以干呕。一箱大鹅蛋最后全都变质扔掉了。

我恶心,但一般吐不出来,只在身体中酝酿和积聚,并自己消解着。我真希望能一次性将身体中那个叫"恶心"的东西呕出来,从此我的世界神清气爽,荡荡无垠。

此时的身体状态极像生病,充满了痛苦和不适感。做母亲是幸福的,也许,上天都嫉妒这种幸福,就设置了孕期反应。形形色色的孕期反应,那么持久地折磨着一个个将要做母亲的女人。

胃不好,时常头晕,浑身乏力,像个久病的病人,做不了什么事。那时才知道,原来胃不仅承担着消化任务,还是人的动力系统。

每天一下班到家,我会立刻扑倒在床上,昏昏睡去。对当时的我来说,只有在睡梦中,身心才能安适。

早上,清脆的鸟鸣和纯净的阳光一起将我唤醒。此刻,世界如创世纪之初般宁静,祥和,完美。胃中风平浪静,仿佛重回孕前的时光。这样的时刻真好啊!不敢挪动身体,一动胃很快就会苏醒过来,重新开始它的聒噪。

这样的时刻,哪怕每天能有一个小时也好啊。

为什么会有妊娠反应至今仍难有定论。有人说，是因为体内激素变化所致；有人说，是人类在繁衍过程中形成的一种自我保护机制。我更愿意相信后者。可以想见，在远古时代，生存艰难，那些孕妈就是靠味觉、嗅觉的异常敏感，小心翼翼地拣择可食之物，保护自己和腹中的胎儿免受伤害。这样，人类生命的那根传承之链才能不间断地延伸，我们的存在也才成为可能。

其实，即便在现代社会，一个生命成长的过程也是危机四伏。从入胎到诞生，得仰仗多么大的机缘和幸运，才能确保他顺利来到这个世界，成就人身。而他日后却可能浑然忘却这些，任意浪费和糟践自己来之不易的生命。

好在，这段危险时期，母亲与他在一起，他们是一体的。

孕妈尽管吐得灰头土脸狼狈不堪，内心却是欣慰的：有反应，说明身体在持续分泌激素，说明胎儿在持续生长，这是平安的信号。如果反应突然中断和消失，那才是应该担心的。

因为厌恶一切气味，能吃的，只剩下水果了。可是，突然发现也没什么水果可以放心地吃：苹果，上过色；橘子，打过蜡；西红柿，打过催熟剂和膨大剂；草莓，用药喂大的；玉米、大豆等，会不会是转基因……

媒体和街谈巷议中所有的食品安全问题，都被我移到了眼前所有的食物上。到底什么东西是安全的？看来，只有喝白开水了。

这显然是非理性、不客观的。那时，我并没有意识到，是自己的内心出了问题，导致对周围世界过度敏感，就好像一个因网络上海量的负面信息而焦虑、恐惧的人。

因为怀孕后身体的种种变化和压力，孕妇是极容易患上孕期抑郁症和焦虑症的。怀孕的女人是坚强的，但同时又是敏感和脆弱的。所以，除身体外，更需要精神上的关照。当然，最重要的是自己能意识到，并学会排解。

安胎，首先要安心；养胎，首先要养心。

有朋友告诉我，从现在起，要做到：眼见尽善色，耳闻悦怡声；鼻嗅妙天香，舌尝珍馐味；身感轻柔处，意摄智能法。长养身心，为自己和宝宝创造一个最好的环境。

我在手机和电脑上下载了胎教音频，作为平时工作和做家务的背景音。朋友建议听《三字经》《弟子规》等国学经典，但我更希望自己和宝宝都处在最自然的状态和环境中。我倚坐在沙发上翻看书本，琪爸系着围裙在厨房炒菜，琪奶剁馅准备包饺子，窗台上两三只麻雀叽叽喳喳蹦跳几下又扑棱飞走，风摇着书房外的槐枝簌簌作响……人声与自然声交织，这才是最自然的状态。

蹦蹦来自自然，也必将在自然中才能健康成长。我不希望《三字经》《弟子规》之类的东西过早地介入到他的生命里。成人世界看起来好的东西，对他自然的生命，可能是种打扰。

因为顺其自然的理念，我没有买防辐射服，也没有太多的休息和补养。正常上班，正常做事，正常健身，一切，保持最平常的状态。

只是不再熬夜，不再像往常那样读很长时间的书。只想静静地，与自己在一起，与蹦蹦在一起。这样的日子，不需要什么形而上的概念、意义、说辞。世界的样子、质感和温度，只能用心去感受，用心去衡量。

我这个成年人，都想回归自然了，何况腹中的蹦蹦呢。

反应于孕四个月时结束，从此胃口大开。琪爸时常买火龙果、圣女果、猕猴桃、柚子等水果给我吃，鱼、肉、菜等每天都花样不一，弟弟和弟妹也为我送来了蜂蜜等补品。某天，在亲戚群中聊起凉皮，我配了个流口水的表情，两小时后，小舅为我送来了凉皮。孕中后期，好友闺蜜来家中看我、陪伴我。琪奶在我怀孕两三个月时，就迫不及待地开始准备婴儿用品，做好了尿垫、尿布、小被子等。

四十一岁，再次怀孕，这样的孕妇好像熊猫。怀孕，原本是一个人或一家人的事情，但我却不断领受到来自各路亲友的关心和支持。此时，我对亲情和友情有了更新的认识。

一直坚持上班，但因为孕反应的缘故，每天的工作都像一场艰难的战斗。好在，工作间隙能放一会儿风，去办公楼后面的小树林边看看风景，听听鸟语，坐在小河边遐想。

不论去哪里，都要摸着肚子，告诉蹦蹦一下——我相信肚中那个小生命能听得到，听得懂。

一天早上，天气晴好，蓝天白云，像画一样。走出家门，我腾出一只手摸着肚子说："蹦蹦，今天妈妈带你去散步，去沐浴阳光，看最美的风景。"

但那天上午很忙，一直没顾上起身，等忙完已经到下班时间了。原本该抓紧回家，可已经告诉蹦蹦要带他去看风景了，真怕他会失望。于是，仍然去楼前的小公园走了一趟，在暖洋洋的阳光里给蹦蹦讲着眼前的风景：这是花，这是树，这是小河，里面的水更多了，一群小鱼在水中游……

这是一个还没有出生的生命。但这个小小的生命，一样是不可欺的。我们不是他，焉知他不懂？

每天晚上临睡前，我们都要与蹦蹦说会儿话。不论现在多小，他都是个生命，而且，有我们所无法想象的灵性。他一定会开心的，或许会像金鱼一样吐个泡泡来表达他的喜悦。

周末，只要天气好，我一定在傍晚时分到湖边，沐着夕阳，在木桥上散步，看湖水，看天光，看天上掠过的飞鸟，还有桥下的芦荻和菖蒲，听长长的叶子上小虫在鸣叫，然后在心里暗暗对蹦蹦说："孩子，好好成长。将来，你会看到这个美丽的世界，妈妈会带你到处去看风景的。"

想必，小小的他会欢喜赞同的吧。

男耶？女耶？

2016 年世界最大的悬念

孩子，你喜欢做男孩，就做男孩，喜欢做女孩，就做女孩。不要顾虑什么，做你想做的！

蹦蹦还没到来时，我就在心里一次次这样对他说。

孩子，你奶和你爸希望你是男孩，毕竟我们已经有你姐了。人都是贪心的，总想儿女双全。而且，你姐也想要个弟弟。可是，我却更愿意遵从你灵魂的本意。我愿意接受所有的可能。是接受，而不是选择。

希望你选择你喜欢的性别，就像将来在成长过程中选择做你喜欢的事。

这是妈妈对你生命的第一次尊重。

所以，从开始，我和琪爸的想法就有了很大的差距。琪爸作为一个家中两代单传的传统男人，他身上背负着太多东西，他想要个儿子，执着地想要。

淡定的，自可以接受任何结果；有别的想法的，自然"有求皆苦"，会紧张焦虑。能不能抓住这唯一的机会生个儿，成了琪爸的一桩心事。

他哪里知道，人算不如天算。生男生女，自有其机缘（或为偶然性），何必枉费心思呢？

在"二胎党"中，执着于性别的不止琪爸一人。据说，有对夫妻本来有个儿子，二胎又生了个儿子，两口子在家抱头痛哭了好几天……这样的例子数不胜数。

在传统思想中，"儿女双全"是圆满的象征，"一儿一女一枝花"嘛。人们都想要圆满，希望自己"啥都全，啥都不缺"，这是怎样的成就感和安全感！但大家却从没想过，人生真正的圆满，根本就不在于外在的这些东西。

在国人的传统观念中，生女儿将来要"嫁出去"，生儿子将来要"娶媳妇"，这一嫁一娶，差别就大了。中国人靠儿子来继承家业，靠儿子来顶门立户，而女儿将来是要"出手"的，"嫁出去的女儿，泼出去的水"，"出手"后基本就没有多少干系了。所以，中国人在儿子身上几乎耗尽了所有，养大儿子，还要为他买房、买车、娶媳妇、带孩子……为儿子付出一切，似乎是天经地义的事情。这种偏颇的观念，原本该随着时代的发展被扫进垃圾桶，但数千年的观念，不仅根深蒂固，而且延续绵长。

二孩全面放开后，那些落后的观念也掺杂进来。以至于，我家也上演了一出闹剧。

亲戚给了一个小药方，称在怀孕一个多月时喝，一定会生男孩。这可能就是传说中的"转胎药"，据说效果很好。我不想使用这个药方，因为，它违背了我对那个生命的承诺：让他（她）自然而然地来，选择自己喜欢的性别。

但琪爸在乎。一天回家，琪爸正在厨房忙活饭，客厅桌子上放着一堆奇奇怪怪的草药。我知道，他把那个方子中所有的材料都找全了。虽然我声明过不想喝这药，但这个男人一直就没有死过心。

望着这堆草药，心中有点酸。这是一个厚道、朴实、勤劳的山东男人，对工作和家庭都很负责，对朋友和亲人都很好，是个顾家的男人。这个男人半辈子如老黄牛般劳劳碌碌，不得停歇，对人生也没有什么奢求。现在，他只想要一个儿子。

不顾我的反对，琪爸已经将药熬好，端在桌上，热气腾腾的。我捺住性子，认真地告诉他：我不想喝这种药，而且，直觉告诉我，肚中怀的就是个儿子。

他的脸色难看起来，问："你不喝？"

"我不喝！"

"你喝了吧！"

"就不喝！"

"真不喝？"

"不喝！"

……

我们隔桌而坐，对峙着。看着对面这个与我同床共枕近二十年的男人，我觉得有些好笑，甚至有点怀疑他是否真的上过大学，接受过高等教育。

"你不喝，我喝！"他伸手就去端碗。

我连忙伸手去拦，褐色的药汤洒了一桌。他脸色发黑，嘴里呼哧呼哧直喘。

如果他真的喝了药，我也真的生了男孩——老公喝药，老婆生儿，那这药岂不是太神奇了吗？我忍不住笑喷了。

我灵机一动，说："你不是有个学中医的同学吗，打电话问问他，问他这药能喝不，他若说能喝，我就喝。"

琪爸果真摸起手机打了过去。他同学一听，劈头盖脸地骂了他一顿说："你要作死吗？药能乱喝吗？"然后，告诉了他一个用铅笔测算男女的方法，说这是民间极准的，并用微信视频现场教授和指导了起来。

取一截铅笔头，约两三厘米长；取一根带线的缝衣针，线长约十厘米左右。将针刺入铅笔头的屁股中间。然后，平放手腕（男左女右），动脉向上，拎着线，让铅笔悬在手腕上方，铅笔头会自然旋转画圈，不断地画圈。最后，由画圈变为横向或纵向晃动。若晃动方向与手腕动脉方向一致，则是男孩；若方向与手腕动脉方向相切，则是女孩。然后，继续进入下一轮晃动，即预测下一个胎次（包括流产）。依此类推。

经过反复测试，琪爸和我测的结果基本一致：第一次，女（代表安琪儿）；第二次，男（流产）；第三次，女（流产）；第四次（即本次怀孕），男。

我和琪爸面面相觑，觉得好生神奇。

——真难想象，这是个学医的人教的办法。

琪爸顿时心开意解，脸上绽出了花朵一样的笑容。

扔下铅笔，我问琪爸："这药，还要我喝吗？"

琪爸满脸堆笑地说："不喝了！不喝了！"

"那，万一这铅笔不准，将来生个女孩呢？"

"生女孩我也认了！"

闹剧结束，但琪爸的无聊并未结束。他经常上网去查，然后告诉我："左手比右手脉动强一些，是男孩；左边乳晕深些，是男孩；肚子上妊娠线靠左，是男孩；晨尿清是男孩，晨尿浑黄是女孩……"孕中晚期时，他又多次使用计算胎儿双顶径和股骨长的方法来推测蹦蹦的性别。

我一次次警告他："你再这样无聊，我和蹦蹦都会鄙视你的！"

其实，从刚怀孕到孕晚期，我做过好多梦，多次在梦中见到我腹中的宝宝。有时，是襁褓中的婴儿，他蹬着小腿，露着小鸟鸟；有时，是朋友好几岁的儿子光着屁股，笑着扑到我的怀中；有时，是六七岁的男童，很漂亮，很可爱，对我说着脆生生的话语……还曾梦到过一只刚出生没几天的小狗，毛茸茸的，天真可爱，我在给它喂奶，奶水因太足而喷溅。这梦境温暖了我一整天。

孕中晚期还做过一个梦，梦中的蹦蹦一两岁的样子，在琪奶怀中睡着了，他的小脸圆润，无比饱满可爱，简直可以称作完美。我欢喜地从琪奶怀中将他接过来，他的身体转移到我怀中时，依然睡得像小泥块一般，他那穿着鞋的小脚甚至踢到了我的肚子。

这些梦都那样真实，真实得仿佛用手就可以碰触到。

安琪儿也告诉我们，她在学校梦到了弟弟。我问："你弟长什么样子？"她说："又白又胖，满地乱跑呢！"

照农村的说法，孕梦往往是比较准的——这可能是我的蹦蹦一次次地给我托梦，告诉我答案呢。

我不想过多地关注这些，否则，我就跟琪爸一样无聊了。十月怀胎，一朝分娩，答案就会揭晓了，为什么要提前知道呢？

人生的有趣之处，就在于未来的不可预知。若是提前知道你明天怎样，明年怎样，未来的每一步会怎样，你只能像个傀儡或机器一样，一步不落地走完如预设程序一样的每一步，这样的人生还有什么意思？

蹦蹦是男蹦，还是女蹦，我的孕梦是否准确，成了我家2016年度最大的谜。但这个谜底我并不想提前揭开。

还是留个悬念给未来吧。

有悬念的人生才有意思呢。

做个强大的孕妈

女子本弱，为母则刚

孕12周，查血尿，做心电图，B超查NT；孕15-21周，唐氏综合征筛检；孕17周，无创DNA；20-24周，系统B超、血常规、尿常规；孕22-26周，四维彩超大排畸；孕27-28周，血常规、尿常规，妊娠期糖尿病筛查葡萄糖耐量试验；最后数周还要查血查乙肝、B超，每周一次胎心监护。除去这些，还有例行的产检：查宫高、腹围、胎心率等。像我这种四十多岁的高龄孕妇，检查更多。

于是，整个孕期，我成了医院的常客。检查最多的一次，一天抽了六管血。

每次抽血，都要求空腹。孕期本来血糖就低，又有些贫血，于是每次抽血都会导致一连串反应：乏力，头晕，气短，两眼发黑，恶心，身体像面条一样瘫软。

所以，每次产检，琪爸都跑前跑后，精神紧张，如临大敌。医院妇产科门外长长的过道里，坐满了挺着大肚子的孕妇，以及陪同前来的老公和其他家人。那些孕妇的脸上，更多的是平静。为了迎接宝宝的顺利到来，她们愿意承受一切痛苦和麻烦。包括我。

孕四个月时，孕吐反应才告结束，味感逐渐恢复正常。那些怪怪的气味消失了，不再恶心了，胃口大开，浑身也有力气了。

终于"满血复活"。

我的饭量大到吓人，是壮汉琪爸的两倍。有次，我们去吃烤羊肉串，琪爸和安琪儿共吃了四十根，而我自己一口气吃了三十八根！琪爸和安琪儿都觉得很恐怖。琪奶却说："你是一人吃饭养两人呢！"我的体重立竿见影地增加起来。

前段时间因为身体原因，晚上的锻炼暂停了。现在想重新拾起来。因为有强大的身体，才能从容应对之后的分娩、育儿等重要任务。

于是，每天晚饭后恢复与琪爸一起到湖边锻炼。

肚子眼见着越来越大，我的脚力却依然稳健，看来此前一两年的积累是厚实的。怀孕前，我慢跑，琪爸快走，我跑两圈他只能走一圈。现在，我不敢再跑步了，改为走路。一口气走下去，琪爸竟然被远远甩在后面，就像当初我跑他走时一样。他落在后面，一边喘一边喊："慢点，慢点，小心点呀你！"

对他的运动能力真有点小失望。

孕不足四个月时，能感受到腹中的蠕动。以后，蠕动越来越频繁，再后来，肚皮经常像一个被拍的皮球一样不断弹起，是蹦蹦在里面跳动呢,这是与怀安琪儿时很不同的地方。怀安琪儿时,胎动常像一条大鱼划过水面,从左向右或从右向左游来游去,而蹦蹦不同,一直像在蹦。

蹦蹦好像在用这种方式告诉我,他在长大,他很健壮。每有胎动,我的肚皮痒痒的,心里也洋溢着幸福。

后来,每天早上七点左右,我就被蹦蹦的跳动弄醒。蹦蹦每天早上都要做上一阵"早操",很有规律,真是个勤快的孩子。

孕中晚期,有天早上睡得正香,就被肚里的动静吵醒了。蹦蹦又在里面跳跃踢打,一阵极猛的动作后,肚里发出啪的一声,好像这个调皮孩子不小心打碎了什么瓶瓶罐罐。这样奇怪的动静竟有好几次。当年他的姐姐可从没闹出这么大的动静过。

周末,想睡个懒觉,上午九点多还赖在床上。蹦蹦就在我肚里拳打脚踢,好像在抗议,不喜欢我这样毫无节制地赖床。我很不情愿地起床,迈开步子去洗刷,肚中才安静下来。几次三番之后,我确信将来这孩子出生后,我再也不会有睡懒觉的机会了。这是个极勤快并喜欢督促妈妈起床的娃呀。

蹦蹦的胎动给了我安全感。蹦蹦要是偶尔一天不动,我会为这样的异常情况紧张得要命呢。

孕六个月,肚子越来越臃肿,越来越沉重,我只能努力向前挺腰,像时刻托举着一小袋粮食。快走几步,肚子就很不舒服,整个会硬硬地鼓起来,后来知道这是假性宫缩。看来以后不能再健步如飞了,从此只能慢悠悠地走,走一段,就停下来休息一下。

后来，假性宫缩的频率出现得越来越多。在办公室，起身急了，肚子立刻鼓起，变成一个硬硬的球；憋尿或不小心被凉风吹了一下，肚子也会鼓起来。仿佛是蹦蹦谙知外面的一切，稍不如意，就要用这种方式抗议一下。

每当宫缩出现，只能立即原地停住，放松，再放松，直到那个硬硬的球慢慢舒展开来。

随着身体负担越来越重，我很容易疲劳。有时，会莫名地头晕，喘不过气，眼冒金星或眼前发黑；有时，半夜正睡着觉，一只脚就突然抽筋了，一动也不敢动，浑身也像岔了气，极像一台死了机的电脑，得靠时间来缓缓复苏。去医院验血，贫血！缺钙！于是，晒太阳、吃钙片、吃补血的铁剂、吃虾皮……各种补。

随着蹦蹦的长大，我开始尿频了，上班和出门散步，真是各种不便，各种尴尬。

这么大的肚子，仰卧当然不便，只好左侧卧和右侧卧交替进行。但不论朝左还是朝右，躺一会儿后，胯骨都会很疼。最舒服的姿势当是趴着了，可是，哪能趴着呢？压着肚子可了不得。晚上，往往辗转反侧，百般不舒服。为此，买了孕妇枕，巨大如蟒蛇，"G"形或"F"形，可以伏在上面而不会压到肚子，倒是可以稍微缓解一下，但只是暂时的，不久这孕妇枕就弃用了。

随着时间的流逝，孕期已过半。越接近预产期，我的心里越有些忐忑。生孩子本就让人紧张，而我，子宫有旧伤，且年龄已是四十二岁，能不能顺产，都很难说。

与同事、朋友聊起来，他们都说："你都这个年纪了，还是这样的情况，受那个罪干啥？到时剖了算了。"对剖宫产，我了解不多，但知道现在麻醉、镇痛等技术都提升了不少，剖宫产确实能少许多风险和痛苦（其实剖宫产自有其风险和痛苦）。

但我希望顺产。顺产，是人类最自然的生育方式，也有助于宝宝的健康成长。

一个生完头胎半年的小妹，仍对分娩心有余悸，她说，实在太受罪了，以后说什么也不生了，坚决不生第二胎。可是，生孩子哪有不痛的呢？这是造物主的安排，让生命在痛苦和血污中诞生。也许，只有这样，才能体现出生命的可贵和母爱的伟大。如果所有的女人都因为惧怕疼痛而不肯生孩子，哪还会有今天这个世界？哪还会有我们？

咨询过几位大夫，也上网查过资料，说只要情况理想，顺产完全是可以的。再说，我生安琪儿时是顺产。子宫的旧伤，也仅是放环穿孔，疤痕比剖宫产要小得多。

为了生产顺利，我买了《温柔分娩》《妇科宝典》《准妈妈必读一日一页》《41位孕妇的分娩日记》等书，了解自然分娩的产程等相关知识，练习凯格尔运动和拉玛泽呼吸减痛法，想从身体到意志，进行一番强化提升，以应对分娩，顺利生产。

因为孕中期胃口好，饭量大，那段时间体重增长很快。产检时，医生提醒我要注意饮食。我也怕蹦蹦长得过大，导致难产，所以，争取按医生和书上说的，在整个孕期，体重增长控制在二十斤以内。

经历过放环伤害事件，我痛悔自己的无知，知道了解相关知识的重要性,所以这次,我想未雨绸缪,做好准备,更想明明白白地为自己和宝宝负责,做一个强大的孕妈。

每天都在掰着指头数日子,看距预产期还有多少天。当然,"宝宝树"每天都会更新,不仅会及时告诉我宝宝的胎龄、距离预产期的天数,还会告诉我宝宝的大小、出现的重大变化,提醒我必要的检查和注意事项等。

孕期太难熬了,肚子上好像绑了一个大沙袋。到后期,做所有的事情都是负重进行,连弯腰洗脚和系鞋带都做不到了。难怪人们都将分娩叫作"卸货"呢。

已经不可能再去超市购物了,于是开始网购。在电脑前挑选婴儿的小衣服和包被时,常常在天蓝、鹅黄等颜色间犹豫不决,觉得这件漂亮,那件也漂亮,蹦蹦穿哪件都漂亮。挑着挑着,觉得蹦蹦近了,又近了,也更加真实了。

天天盼望早点"卸货",重新恢复"身轻如燕"的状态。日历上一天一天的日子,被陆续撕了下来。离预产期越来越近了,内心似有一种轻松的感觉,但又有些不舍:毕竟,孩子在我身体中的时间只有这九个多月,这是跟宝宝最亲近的时候。一旦分离,他就成了一个独立的个体,会随着长大离我越来越远。

还未相见,已经害怕将来的分离,这就是母子亲情?

每个胎儿,迟早都会出生;每个孩子,迟早都会长大。但作为母亲,心里永远都会不舍。

父母都是这种痴情人。

孩子，妈妈相信你

爱就是全然的信任与接纳

医学上的事情，很多连医生也说不清。医疗技术毕竟有其局限性，而生命本身，却有太多不可测的可能。

朋友琴的儿子二十三岁，早已参加工作。这年，四十五岁的琴发现自己怀孕了。这么大的年龄，还带着节育环，很多人（包括计生服务人员）都说："打掉吧！又不是没孩子，你这个年纪，还要他干啥？万一有什么问题……"

各种各样的声音充斥在耳边，有善意的劝阻，有从世俗角度的推断臆测，有工作人员照章办事的敷衍。琴说，唯独没有对生命的尊重。

孩子既然来了，就是一条生命。这条生命在母亲温暖的腹中安静地成长着，期待着降生。谁有证据说这个生命不健康呢？谁有权力说这个生命就不该存在呢？

琴和丈夫下定决心保护这个生命，不就是大龄孕育，风险多一些，带娃累一些，经济紧张一些。这些怎么能跟一个生命相比呢?一旦把生命放在天平上,世间所有的东西,都会瞬间失去重量。

琴在QQ日志中写道:

> 每个生命的到来都是上天的恩赐,我们却在践踏这份恩赐!
>
> 我无法想象主动扼杀自己的孩子的后果,我爱他(她),他(她)有自己的生命权。他(她)选择我做他(她)的母亲,把他(她)的生命交给我,天一样大的信任!我只有一个选择,把他(她)带到这个世界上。这世界虽然不一定有他(她)想的那么美好,但我会给他(她)最好的,那就是我的爱!
>
> 他(她)今天25周了,每天都在调皮地各种运动。每次产检,仪器都显示他(她)很健康,医生却因为我的年龄对他(她)各种怀疑。我的小宝,在质疑声中一天天长大,一天比一天好动。用他(她)的活泼回应我的爱,用他(她)的一系列活动来告诉家人他(她)很健康。
>
> 那么,就由小宝自己来证明吧!健健康康平平安安地来到这个世界,适应这个世界,改变这个世界,让世界变得更加美好!
>
> 宝宝,我们一起加油!

三个月后,一个健康的男宝如期降临。现在,这个孩子已经上幼儿园大班了。当初,母亲大龄怀孕也好,带环怀孕也罢,都没有妨碍他的健康成长。

他聪明、活泼、可爱,他的一言行一颦一笑里分明蕴藏着一颗慧心。他安静时,你会惊讶于他坚定的表情,以及若有所思的充满智慧的眼神。

而琴的同事小郑怀了二胎,在当地医院检查说没有胎心。怀着最后一丝希望,她又去市医院检查,仍是没有胎心,仅剩的一丝希望变成了绝望。按照医生的安排,小郑躺在手术床上,准备做流产手术,就在这时,听护士说有孕妇和她是同样的情况,没有流产反而去省城医院治好了。小郑立刻改变主意,从手术床上翻身跳下来,去了省城。后来的结果是,胎儿不仅有了胎心,而且发育正常,足月出生。现在,这个孩子也已经三岁了。就在母亲的一念之间,孩子有了生的机会。

父母全然的信任和爱,成就了这个生命。

而一个新生命,就是一个新世界。

我们也同样相信我们的孩子。

怀安琪儿和蹦蹦,我们都不曾有太多担心,一切顺其自然,并没有因为紧张而过度检查。二孩时代,不必主动选择,检查足够多了。怀孕后,检查之频繁,之细致,让大家感叹时代确实不同了。现在生个孩子,真是像繁殖大熊猫一样。

在唐筛中,像我这样的高龄孕妇往往被划入高风险之列,医生建议做无创 DNA 或羊水穿刺。

无创和羊穿并非孕期内必做的检查,身边的很多朋友都没有做。我也考虑放弃。因为,两项检查目的相同,羊穿能确诊,但穿刺毕竟是侵入性的，谁也不愿"没事找事"去增加宫内感染或流产的风险，虽然这概率很小。相较之下，无创 DNA 安全些，也是人们更愿意选择的，但它排除的只是三对染色体。也就是说，检查结果仍有假阴性或假阳性的可能。

只要宝宝没有出生，羊穿外所有的诊断，都只是推测，不是确诊。如果相信宝宝有问题，就将宝宝引产；如果不相信，想冒险生下宝宝再看结果，那就要承受常人无法想象的压力，孕后期的心情可想而知。

当时，无创 DNA 一般由医院和基因技术公司合作进行，时价在 2800 - 2900 左右。钱倒不是问题，只是担心：如果检查结果为"高风险"，那么，我们该怎么办？

相信这个结果，然后引产，主动"杀死"肚中的孩子吗？

理性的选择是，为防止生下畸形儿而引产。

但我和琪爸偏都不是理性的人，即使无创结果是"高风险"，我们仍会坚持保留孩子。"高风险"毕竟只是一个概率，我们不忍心因为"可能有也可能没有"的概率而"杀死"自己的孩子——这是我们呼唤了半年的蹦蹦呀。

我们宁愿冒险去赌一把。

我曾经倔强地想：一个宝宝，体有残疾，可他的生命是无辜的，如果他的父母都嫌弃他，抛弃他，那么弱小的他将如何自保？如果我们的宝宝有残疾，哪怕像哪吒一样只是个肉球，只要他有生命，他就必有求生的愿望，我们要跟他在一起，接纳他、照顾他，而不是像外人一样无情地抛弃他。

所以，我尤其不能理解抛弃孩子的父母——有的孩子仅仅是兔唇，或是六指，并非不能医治的严重残疾，却被亲生父母抛弃在路边，在孤独无助中等死。那些父母难道不明白，对于整个生命来说，一点残疾是微不足道的？

人太想要"完美"了，不能忍受哪怕一点点残缺，更不想承受这残缺所带来的"麻烦"。真正的父爱和母爱是无条件的。

有的父母嫌弃孩子，但小小的生命从不曾嫌弃父母，并不管这父母是丑的，美的，胖的，瘦的，残疾的，甚至是人格残缺的。那个小生命完全信任父母，赤着身心前来投奔，全身心地将自己交托给他们，根本不怕在投奔的路途中，会历经艰难险阻。

我们有些成年人，真对不住孩子的赤诚。

四维彩超也是很重要的一项检查。预约之后，孕六个月左右去做了。当时，既想知道蹦蹦的发育情况，也想知道蹦蹦的性别（琪爸总想把这悬念揭开）。躺在检查床上，我几次鼓劲，想开口问一下做B超的医生。

检查很细致。偏偏这天孩子懒得动，医生用B超探头在我腹部按压，好像在逼着他动，这使我有点担心。后来，医生嘟哝一句"……有点问题"，然后，继续按压我的肚子。

我瞬间紧张起来，心绷得紧紧的。有问题？心脏？大脑？还是哪儿？

这一刻我才真实地体会到：男女真的不重要，孩子的健康最重要。孩子健康，才是我们想要的答案。

"哪儿有问题？"我忍不住了。

医生说："双肾。"两个字清清楚楚地钻进我的耳中。

胎儿比实际孕周大两周，别的指标都好，但双肾联合体分离，左肾0.6厘米，右肾0.8厘米。医生说，到1厘米就是肾积水了，应随诊，不放心可以去省城大医院查查。

从B超室出来，等待已久的琪爸迎上来，这消息像寒流一样，立刻把他那满怀期待的脸冻成了冰。

我们去门诊咨询，医生说观察下吧，这种情况有可能以后吸收，也有可能是性别发育引起的。男孩易出现这样的问题。

什么？

百度一下，确实如此，凡是出现"双肾分离"（双肾联合体分离）的，绝大多数是男孩，往往于出生后双肾分离的情况消失。问了一下，周围朋友也有遇见或耳闻这种情况的，孩子出生后复查往往再无问题。医生说，即使出生后肾有问题，也不是太大的问题。

做完四维彩超，心中多了一份担心，但同时似乎又把蹦蹦的性别给坐实了。晚上，琪爸一边拿手机百度，一边困惑地问我："你说，我是该高兴，还是不高兴？"

医生给了一张四维照片，上面的蹦蹦面部扭曲变形，分明是个外星人，我不忍再看第二眼。晚上把照片竖在桌上，眯起眼，于朦胧中现出他的脸庞：好大气，好帅气。琪爸说蹦蹦的下巴很短，像他的下巴。

蹦蹦变得更直观了。

后来，安琪儿也看了蹦蹦的四维照片，表情有些怪怪的，看来也嫌那照片丑呢。

此后，跟安琪儿通电话，最后她总说："妈，快带着我的外星人弟弟睡觉吧。"

"照顾好我的外星人弟弟！"

"带着我的外星人弟弟好好生活。"

……

安琪儿，你的弟弟将来一定会很帅气的！

就算他真的是外星人，他仍是你的亲弟弟，是我们的宝贝，我们一样爱他。由此，我想到了电影《奇迹男孩》，主人公奥吉脸部变形了，他的爸爸、妈妈和姐姐始终跟他在一起，命运没有击垮他们和他们的家，反而让他们收获了更多。

孩子，来吧。妈妈和所有的亲人，都在世界的这一头等着你。

让我们共同走过，哪怕你并不完美，哪怕世界并不完美。

跟爸妈一起等弟弟

这个姐姐很暖

安琪儿爱看书，爱写作，爱养小宠物，喜欢文艺清新的东西，这些都极其像我。琪爸说，我们娘俩是"臭味相投"。我们常在一起密谋，说悄悄话。在琪爸那里被训斥打压的想法，在我们之间却可以互相理解和支持。她看中的贵重小玩意，不敢跟爸爸说，让我给她买；她养的仓鼠，我负责给网购鼠粮和各种用品；她想看哪个作家的书，我马上去淘……

我们之间竟不像母女，而是一对姐妹——既有"多年父子成兄弟"，哪能没有"多年母女成姐妹"呢？

就是这样一个女儿，平时偶尔还有些任性撒娇，她在我怀孕期间，给了我她能给我的最好的支持。她给我的温暖，像细碎的珍宝一样散落在我记忆的四处。

一次安琪儿回家，对门邻居在装修，机器声轰鸣，震动耳膜。安琪儿回家来听见，说："千万别让我弟弟听见这声音。妈，你去图书馆,到中午再回来吃饭。"

在图书馆,看到很多城里孩子拿着借书证排队借书。我想,将来蹦蹦也能这样吧。安琪儿生长在乡镇,一个工业繁荣却文化萧条的地方,错过了太多东西。愿她今后,能从生活中主动汲取营养,弥补幼时的匮乏,也愿蹦蹦能好好利用成长的环境,利用城市丰富的公共文化资源,好好成长。

每次见我,安琪儿都问:"妈,我弟弟又怎么折腾你了?"
我说:"他总让我恶心。"
安琪儿:"不对,应该说我弟弟总'恶心'你。"
之后,她见面就问:"妈,我弟弟又恶心你了?"
——我俩说的,怎么都不太对味呀。

孕四个多月时,我的肚子已经明显凸出,熟人都说我很"显怀"。也许因为胎盘在子宫前壁的缘故吧?好在,对孕妇来说,"显怀"也很有成就感。但安琪儿每次见到我,都盯着我的肚子说:"妈,你的肚子长得好快呀!"

"我弟弟要慢慢地长,不能长得太快!"安琪儿一次次严肃地说,仿佛她深谙此事。她怕我难产。确实,在我们当地已有好几个十斤左右的巨大儿,都不得不剖宫产了,让他们的母亲受足了罪。

孕期,我几次向琪爸发无名火,过后又内疚和后悔。安琪儿说:"妈妈,你不用内疚,你不把无名火发出来,烧坏了我弟咋办?"

自我怀孕后,安琪儿每次回家,照例先看我的肚子,问弟弟好。还问:"我弟弟踢你了吗?"

"妈,真是奇怪,自从你怀上我弟弟,我在路上,总会看到小孩,怎么有那么多小孩!怀里抱着的,坐在车子上的,还有乱跑的……"

哦,我们也是呢!以前怎么看不到呢?当然因为以前没有关注啊。不关注,就会视而不见、充耳不闻吧。

我怀孕的事,安琪儿告诉了她的好友小凝,并跟她相约,等弟弟出生了,就认小凝做干姐姐。

"我的弟弟就是你的弟弟!"安琪儿这样告诉小凝。

想象着她拍着胸脯跟朋友不分彼此的表态,我忍不住想笑。

孕五个月时,安琪儿去北京参加北大的夏令营暨写作大赛。那时,我的恶心等反应早已消失,身体尚觉结实,正是很稳定的时候。我很想陪她去追梦,但家里人坚决反对,安琪儿自己也反对。我知道她是希望我陪她去的,写作方面的事,我们娘俩向来战线统一。但她看了一眼我的肚子,说:"弟弟要紧。"最后,琪爸陪她去了。

这是安琪儿第一次去北京。她在那里听课、比赛、参观,长了大见识。

每天,我都收到她的微信留言:我弟弟好吗?

这天,安琪儿在北大参观文学馆,我收到了她用微信传来的一张照片：一个青铜雕铸的刚出生的男婴，仍保持着在子宫中的姿势，蜷着身子，抱着双膝，像一颗巨大的豌豆。这件雕塑作品的名字叫"新生"。

照片下是安琪儿给我的留言：蹦蹦。

每次安琪儿看我的肚子，都说："我弟弟又长了不少！"我让她摸摸弟弟，她总是怯怯的，不敢摸。她说："我怕……碰坏了！"

怀孕七八个月时，我又让安琪儿摸肚子。这次，她想了一会儿，才伸出大拇指、食指、中指这三根指头，以一种别扭的姿势，小心地伸过来满脸怜爱地轻轻碰了一下我的肚子，又像触电一样把手缩回去了。

"我还是怕……碰坏了。"她羞怯地说。

孕八个月时，一天早上，我正睡得迷迷糊糊的，安琪儿穿着睡衣跑到我的床边，趴在我耳边，哈出的气痒着我的脖子。她说昨晚做了两个梦：一个是弟弟跑了，不见了；另一个是，一只鹿和一头象生了一个孩子。

她的样子神神秘秘的，又有几分天真。那一刻，我只觉一种特别的温暖在我心间。

安琪儿离家返校，轻轻摸了一下我的肚子说："弟弟再见！"

安琪儿写完作业，我们娘俩赖在沙发上，各自看书，或者一个看电视，一个看书。这样宁静的时光也不少。

有时，我挺着大肚子，陪她去影院看新上映的影片，如同我怀孕之前一样。安琪儿一直紧紧拉着我的手，领着我，在放映厅的黑暗中摸索前行，小心地落座。中间，我要去洗手间，她也陪着我，一直紧紧地拉着我的手，嘱咐我看好脚下，好像我成了需要照顾的孩子，她反而成了大人。要知道，以前一直是我照顾她的呀！

养儿女一番，终于有一天她（他）长大，并将我们当成弱者来照料，同我们当年照顾幼小的她（他）一样，这多么令人感动啊！

养儿养女，不求防老，有这些温暖的细节，足矣。

也许，正是安琪儿给我们的这些欢乐和温暖，才使我们渴望再养一个孩子吧。

从很早以前，安琪儿就说，她要亲自给弟弟妹妹起名字（学名），这是她这个姐姐唯一的权利。她还说，要给弟弟写童话故事。

蹦蹦，即将到来的宝宝，你能听到这些吗？你会开心的吧？

从我刚刚怀孕，一直到产前，安琪儿取了无数个名字，写在作业本的一角或草纸上。我想，这在一定程度上会影响她的学习。那时，她由高二升入高三，十年寒窗，很快要进入冲刺阶段了，是不应该为这些杂事分心的。

我知道，她取的名字很重要，我们应该尽量采纳。那是她作为姐姐，对还没出生的弟弟的爱。将来，那也是联系他们姐弟感情的重要纽带之一。

可是，她取的每个名字，最后都被我们否定了，也确实不太合适。最后，使用的是琪爸给取的"家琪"。很一般的名字，只是为了跟安琪儿并列。琪爸说，家安了，一切才安。"琪"字，是他们姐弟共同的标志之一。

当年怀安琪儿时，我是很喜欢取名字的，甚至还给别人家的孩子取名字。比如"晴川"，比如"静漪"，比如"采雯"……总想在宝宝名字上玩弄文采，寄些诗意，寻些别致。

十八年过去后，我已经由年轻时的追求不凡，到现在的平淡是真，对名字的认识，也回归到本来——它只是个符号而已。二孩时代，我对给孩子起名字失去了兴趣。于是，命名权交给了琪爸。驳了安琪儿的兴致，真是有些愧对她了。

那段日子，蹦蹦成了我家唯一的主题，也成了安琪儿生活的重心。其实，安琪儿的重心应该是追梦。她的笔记本和床头上，写满了励志奋斗的警句，贴满了她所向往的那所大学的"一塌糊涂"（一塔湖图）的照片。

人生，能有梦想是多么难得呀。到我们这个年龄，人生过半，追求梦想已成了一件奢侈的事情。所以，应该像保护风中的一盏灯一样，保护她的梦想。

可是，那时我们都忽略了安琪儿的成长，忽视了她的学习。
终留下些许遗憾。

但是，难得的是，在那段特殊的日子里，安琪儿一直跟我在一起，仰望未知的天空，陪我们一起等待，等待那个叫蹦蹦的小生命的到来。

生命之舟遭遇飓风

那个惊险交加的傍晚

距预产期还有四十四天时,整个孕期度过了83%。想到快要成功卸货,马上就能与蹦蹦相见,心里特别兴奋。但同时也知道,蹦蹦在我肚子里的日子,是我们母子最亲近的时光,今生不会再有。一旦他出生,以后,即使我再爱他,怀抱着他,也不可能再将他藏在肚子里。为什么要盼望时间快点过呢?现在,已是最幸福的时候。

那天下午例行产检。孕晚期,产检两周一次,从这次开始,增加了胎心监护。过段时间,产检就要变为一周一次。每次产检都是琪爸开车载我去,他的心情非常愉快。蹦蹦是我们共同栽下的小树,我们共同的希望都在那里。

产科门诊人满了,大夫让我先去对面房间做胎心监护。一组有四个孕妇同时做。我巨大的肚子上捆着探头,发出呼啦呼啦的声音。但这噪音中有一个坚定的声音,咯噔、咯噔、咯噔……极有节奏,那就是胎心音吧!我坐在椅子上的二十分钟里,胎动活跃，蹦蹦一阵狂蹦乱跳，像被人逗着在肚子里嬉闹，竟然把带子和探头踢得一阵乱动。

"蹦蹦，蹦蹦，别淘气！别淘气！安静……"被他闹腾得肚皮痒痒，我差点喊出声来，引得其他孕妇都好奇地朝我张望。

胎心监护做完了，护士看了一眼报告单说很正常。我挺着大肚子，很轻松地走出去，穿过两侧坐着站着等待的人群，对琪爸说了句"一切正常"，就迈向对面的产科门诊。天已薄暮，产检会很快结束，我想抓紧去朋友那里取玫瑰花苗回家种，琪爸则要去赴同学的酒约。

就在那一瞬间，毫无征兆地，一股热流涌出。糟了！破羊水了！我赶紧挤过一个个孕妇，来到医生桌前说："大夫！我破羊水了！"

医生正给一个孕妇做检查，示意我坐下稍等。刚坐下，我低头一看，凳子上一片殷红，原来……不是羊水。

马上，所有人都让路，我被搬上检查床，仅一会儿工夫，鲜血已浸透床垫。护士推来担架车，我被移上去。医生严厉地叮嘱："从现在起，你不许乱动！孩子随时都有危险！"从她的神色和片言只语中，我知道事情比我想象的更加严重。我被急急推向B超室，一刻不敢耽误，直接在B超室外的走廊里挂上了吊瓶。

因为仓促，血管难找，插留置针时，针管插错了两次。针尖在我的皮肉中试探地找寻，我却全然觉不出疼痛。我茫然地躺着，一任身体像树叶般在洪水中漂浮。我呆呆地盯着过道的天花板，头脑中反复就一句话："这是怎么了？"

明明,我和蹦蹦一起度过的二百三十六天,每一天都平和而安稳;明明,我和蹦蹦的生命之船平稳地行驶了八个月,很快就要到达港口,甚至,已经能够看到港口的灯塔和旗杆。蹦蹦,马上就要如约上岸了,怎么会突然遭遇飓风呢?

蹦蹦,你好吗?
我们约好的平安相见呢?
我们还能平安相见吗?
……

很快,我被送进病房,然后被"五花大绑"——手上在输液,脸上戴着吸氧罩,肚子上绑了胎心监护仪,还插了导尿管。随时有医生护士过来询问情况,为我量血压,测体温,屁股上注射了极疼的小针——地塞米松。止血!防宫缩!保胎!随时准备推进手术室去剖宫产。

整个过程一片忙乱。琪爸一会儿伺候我,一会儿被叫去办住院手续,一会儿去医生办公室,忙得团团转。灯光下,他那张脸惨黄,那是极度紧张才会出现的神色。他不断地对我说:"没事没事,别怕!不要紧!"明显故作镇定。他的恐惧分明早已从心中蔓延到脸上,无法掩盖,更无法驱除。

医生已向琪爸科普了"胎盘早剥"。前几天医院就收治过一个孕妇,胎盘早剥,大出血,不仅孩子没有保住,连子宫都没有保住。我这样突然大出血,极有可能是胎盘早剥,随时都可能"胎死腹中"。胎死腹中!医生并不忌讳这样的词,但这词对琪爸来说是要命的，从医生办公室出来时他的两条腿都软了。

奇怪的是，流了这么多血，我竟然没有任何痛感。B超也并没有发现剥离，宫颈、羊水、胎心、胎动等都正常。所以，暂时还不能确诊是胎盘早剥。现在胎儿只有33周，只能尽量保胎，延长胎儿在子宫中生长的时间，将来生下来成活的概率就大些。如果实在止不住血，那就只能剖了。

我知道，往昔的平静日子结束了。我和琪爸留在医院，开始了保卫蹦蹦的斗争。

第二天，仍在继续输液，输的是止血、防宫缩的药及抗生素；肌肉注射地塞米松；每隔两小时测一次胎心，每四个小时吸氧二十分钟，每六小时使用胎心监护仪一次，每天都量血压、体温，还有内服药和各种清洗等程序。

进医院的时候，我是个站立的人，现在，我成了一具躺在床上的肉体，失去了活动的自由。唯一能活动的是没插留置针的那只右手，但一只手能做什么呢？看手机时，手机一次次滑落下来，老半天连一个基本的功能都无法打开使用。

最痛苦的是我的身体。臀部两侧因为轮流注射而疼痛难耐，一只手臂因为输液不能乱动，身体只能侧卧。长时间侧卧，左右胯骨被硬邦邦的床垫硌得生疼。不翻身是痛苦的，翻身同样也是痛苦的。

塑胶管中，透明的药液缓缓滴落，一滴一滴分割着时间。一次次测胎心，一次次吸氧，一次次打针，一次次输液，一次次吃饭……时间就这样分分秒秒走动着，不曾停止，但一天却像被无限拉长了,我怎么也熬不到天黑。这张仅1.2米宽的单人病床,成了我的囚禁地,吃喝拉撒睡全在上面,分分秒秒都是煎熬。在古今中外人类发明的各种折磨自己同类的酷刑中,一定有一种刑叫"床刑"。受刑人,就像我这样,被捆绑在床上,分分秒秒煎熬至死。

由一个活生生的人,成为一个医疗对象,不断被检查,被消毒,被治疗,被修理。身上的一切社会属性都消失了,只剩下自然属性。我不禁感叹:在外面行走,你叫"人";进了医院,你就只是具"人体"。

最可怕的是,不知道这样的日子何时才能结束,不知道明天结果怎样,我们的蹦蹦会怎样。

琪奶是连夜赶来的。矮小的她背着一个看起来比她还大的包袱,里面是她早已备好的小被子、尿布、尿垫等。她眼睛红肿,喘着粗气,两腿颤抖,脸上不知是汗水还是泪水。民间的说法是"七活八不活",照现在的月数刚好八个月,镇上也刚好有个跟我月份差不多的孕妇早产,孩子没有成活。

琪奶有空就到床边来问:"你觉得肚子疼吗?你觉得孩子还动不动?"每有护士来给我做检查,她就笨手拙脚地试图帮什么忙,却一次次被护士劝开。做胎心监护时,她站在床尾,眯着眼睛打量着我的大肚皮,仿佛一个瓜农在打量即将成熟的西瓜。这个"西瓜"里面有她所期盼的内容和结果。

现在的我,身体失去自由,唯一自由的是心。我默默地对蹦蹦说:"蹦蹦,咱没事!别怕!"

自入院后,腹中变得安静起来,很少能感觉到胎动,虽然测胎心都是正常的。我想,这么紧急的情况,还有突然输入身体的这么多药物,突然介入的这么多检查,突然改变的生活规律,一定吓坏了蹦蹦,也影响了他的正常"生活"。他的世界,原本多么安静呀,那是世界上最最纯净的乐土,最最温暖和安全的地方,是生命的天国。如果可能,我们成年人也愿意永远回归这个天国呢。

可是,这个宁静的天国被突然而至的变动扰乱了。蹦蹦一定感受到了来自外界的威胁,感受到了妈妈心情和身体的变化。注射地塞米松时,我的腹部正绑着胎心监护仪的探头,呼啦啦的声响中,蹦蹦的心跳坚定而笃实,那心跳本是我的一粒定心丸。可当针扎入我的肌肉中,推药的剧痛使我忍不住叫出声来。这时,胎心的声音竟骤然急促起来,护士一看,胎心竟然由原先的120飙升到了160!难道我的疼痛蹦蹦立刻就能领受到?这就是孕期的母子连心吗?

上天,您不是答应赐给我一个孩子吗?我不是决心给琪爸再生一个孩子吗?我不是许诺给安琪儿再生一个弟弟吗?怎么就成这样了呢?

保胎的结果如何?明天是喜还是忧?一切都在未知中。

人生,可不就充满了一个个谜吗?

生而为人,谁不是活在未知中?那无尽的未知,是我们人类永远无法抵达和超越的。面对自然,只能徒叹自己的渺小。

我在内心祈求,希望这一切只是一个玩笑,一个有惊无险的玩笑。

医生所说的"胎死腹中",那个可能的结局带着命运多么狰狞的笑容。我和琪爸一起来医院做产检,幸福地等待着不久后与孩子相会,如果腹中的孩子没有了,我们空手而归,那是多么残忍的事情啊。仅仅这样想象一下,我已无法承受。

此刻,突然就感受到了那些没有保住自己腹中胎儿的孕妈的痛,这巨大的悲恸,如同我亲身在受。

血止住了,可以下床了,但不能活动,仍要求静卧。我小心翼翼地走到靠南窗的那张空床上,望着窗外的风景。秋的阳光无比灿烂,入院时还发绿的法桐树叶,几天时间已成一片金黄。林荫道上,人们踩着片片落叶来来往往。窗外那再自然不过的生活,对当时的我而言竟都是奢望。

我更无法知道,明年的今天,这片风景会是什么样子,我和蹦蹦的命运又是什么样子。

生门，死门

天使宝宝们的艰险投胎路

在孕期航程中遇险的生命之舟，并不只我们这一条。病房里住着我们三个保胎的孕妇，其中一个已经住了一个多月。她也是一个二胎孕妈，只有三十二岁，比我小整十岁。孕五个月时，有天老公不在家，勤快惯了的她背起二三十斤的药桶去蔬菜大棚喷药，累得见了红，从此一直住院，出血断断续续。另一个孕妇也是如此。此前，住在此病房的另一个孕妇也因受累而入院保胎一个多月，最后总算平稳下来，就办理了出院，雇了一辆出租车回家。她家在一个偏远乡镇，路况较差，持续的颠簸让她刚进家门就大出血了，只好紧急返回医院，剖宫产下了她的二宝。

我们的原因大致相似。就在来医院产检的前一天晚上，我一人在家打扫卫生时拎起一个小皮箱，小心地踩着椅子，把它托举到壁橱里。小皮箱里盛的是衣服，大约一二十斤。当时，身体并没有什么异样。第二天凌晨，睡梦中觉得肚子有些不舒服。天亮后，不舒服的感觉消失了。我照常骑电动车上班，吃午饭，直到下午让琪爸开车载我去医院做产检,才发生了以上惊险的一幕。

不论自己怎样"皮实",对自己的身体有多么充足的信心,孕期,确实应该好生呵护的。最能呵护肚中宝宝的,不是别人,是孕妈自己。

我确实大意了,平时宫缩频繁,却一直觉得那是"假性宫缩",没有放在心上。没想到,自己终究没有平稳走完整个孕期。

打扫卫生,是因为离预产期越来越近,离蹦蹦越来越近,我希望家中整洁、漂亮,不至于让蹦蹦嫌弃。我希望最美好的东西环绕在他的左右,希望他对这个家满意。孕中晚期,我照常上班,照常骑电动车,过的是平常那种节奏的生活。在单位,没有耽误任何工作,甚至比往年干的更多。我一直为自己的好体格、好心态而自豪,以至于对自己有些过分自信了。

现在,自己作出了这样的风险,累及腹中的孩子,我很后悔,只能尽量小心地保胎,坐、躺在床上,不敢动。偶尔去洗手间,从走路到每一个动作,也都小心翼翼。我怕惊动那个叫"风险"的东西,怕惊动肚中安恬的蹦蹦。

尽管这样小心,仍然会偶尔见红。每当再次见红,我和琪爸刚刚放松的心就又会紧紧揪起来,然后就是针药伺候。我像一只囚禁已久的小鸟,刚脱身出笼,正要扑闪翅膀呢,马上又被抓了回去。我一次又一次被按倒在床上,恢复"五花大绑"的姿态。

蹦蹦啊,你跟每一个小生命一样,从那个遥远而未知的世界前来,一路上,得穿越多少危险的丛林,才能艰难地抵达生的彼岸,开启你真正的生命旅程。

这世上所有的生命都是如此磕磕绊绊前来。

所以，生命是个奇迹，是个宝贵的奇迹。

想到一个小生命在途中可能经历的风险，任何一种病毒都可能将他杀死，任何一个事故都可能致他流产，甚至父母的一个念头，都足以隔断他与阳世的连接。想到这些，我深深地叹息，为蹦蹦，为其他如蹦蹦一样的弱小生命。

是什么，让你们如此勇敢地前来？

保胎的孕妈、陪床的孕爸们，都有说有笑地聊着关于保胎和孩子的话题。病房另一边，还有两张病床，就是四床和五床，这两张床的病号最多住三两天，有时甚至只待几小时就走。有的有孕爸相陪，有的只自己一个人。虽然只隔几米远，但他们只远远地望着我们，表情复杂，并不上来搭讪。

病房里自发地分成两个冷暖不同的群体。我感觉奇怪，悄声问先来的孕妈，才知道那两张病床，住的是来打胎或引产的孕妇。

这个病房安排得好生奇怪，一二三床住保胎的，四床五床住打胎的！

那个晚上更是怪异。四床的孕妇回来了，很痛苦的样子。护士跟过来嘱咐说：晚上要注意察看，上厕所看到有东西掉出来就说一声。四床的老公将一个红色塑料盆放在洗手间，然后，整个晚上，夫妻俩轮流去洗手间，不断去察看，一次又一次。下半夜，四床的老公跑去叫护士，说掉出来了。

而那个晚上，我们这边三个保胎的孕妇，却都小心翼翼的，生怕再见红。琪爸责怪我乱动,说要用根细绳把我捆在床上,逗得其他孕爸孕妈们笑起来,却又都不约而同地扭头看气氛阴郁的另一边,硬生生将笑憋了回去。

那一夜,我们几个谁也不愿去洗手间,生怕看见那个红色的塑料盆。

同一个病房里,三个保胎的,两个打胎的,目的完全相反。蹦蹦们还在各自的母腹中欢跳,而那两个女人却在引产后等待残余的胎尸从自己身体中掉下来。这奇怪的对比,引发我不少感慨和唏嘘。

冥冥中到底有没有灵魂?有多少灵魂?他们都争先恐后地,从没有边际的暗黑中,投奔向这片光明的世界。为了投胎,他们历尽了千难万险,九死而不悔。可是,他们有的奔向生门,从此拥有了生命,拥有了整个世界;有的,却奔向死门,在来这个世界的中途就已经粉身碎骨,生之日即其死之时。

到底是什么,让他们不惧千难万险前来?又是什么样的因缘,阻断了他们的来路?

在人世间,那些投胎成功的生命,大部分都在努力生长,努力寻求活着的意义,努力创造活着的意义。而那些未能投胎成功的灵魂,或许他们也想寻找意义、创造意义,抑或浪费时间,及时行乐……但都没有可能了。他们,连肉身都不曾拥有过。

跟四床、五床熟悉些了,聊起来,小心地问起他们流产或引产的缘由。一个说,查了一下,胎儿情况不好;另一个说,自怀上这个,心里就感觉很不舒服。她们的胎儿都是四到五个月。

后来，问起她们大宝的情况，才知道，她们都已有两个女儿，这次都是第三胎。虽然国家当时并未放开三胎，但有些人家宁肯被罚款，也要生三胎。这里面不乏喜欢孩子且经济条件好的人家，但也有相当一部分，仅是为了再赌一次：生个男孩！

我终于明白了什么，不再问了。然后是郁闷：那些小生命，本来都是天使，他们放弃自己在神界的一切，不惧任何艰险，前来投奔他们的父母，却没想到，正是他们的父母，选择了杀死他们。

其实，这样想或许有些不对。毕竟，我不是那些父母，怎么知道他们所想，也许，他们比我想象的痛得多。放弃腹中的孩子，一定是他们艰难的抉择。他们心中的滋味，是我所不能想象的。

蹦蹦，坚强些，跟爸爸妈妈一起努力，渡过这段艰险。艰险的日子，在人生途中，如公路上的隧道，是黑暗的，但这黑暗不会持续很久。只要你坚持，只要你有信心，驶过这段黑暗，你就进入了光明。

住院十天，我的状态转好，不仅连续几天没有出血，而且B超显示胎儿一切正常，没有胎盘剥离的迹象。我在病房里缓缓散步，坐在床上聊天，百无聊赖。医生一直说，观察一下，没什么特殊情况就可以回家休养了。我也觉得，在医院住了这么多天，有点小题大做了。

11月6日，按照医生安排，再做最后一次B超，如果没什么问题，就可以出院回家了。

蹦诞记

一波三折的最后收笔

11月6日，星期日，天气晴好。

这是入院的第十一天。琪爸带我去B超室做出院前的最后一次检查。一听说要出院，立刻想到"解放"这个词。我暗暗叮嘱自己，回家之后要加倍小心，争取平平安安顺顺利利坚持到预产期，让蹦蹦在发育足够成熟之后瓜熟蒂落，平安降生。

躺在检查床上时，我不由自主地想念起离别十天的家。现在，才觉出原本那么平常的家，对我来说如同蜗牛的壳、鱼儿的水一样重要。我该回去打理自己的小窝了，让它更加温暖温馨，将来好安放那个从天而降的天使。

做B超的大夫神色凝重，对琪爸说："赶快回病房，准备剖吧！"子宫下缘有个七厘米长的剥离面。医生分别找我和琪爸谈话，说胎盘剥离已确定，情况很危急，得马上做剖宫产手术。

事情转折如此之快，快得我和琪爸都没回过神来。明明刚才还艳阳高照，怎么突然就大雨倾盆了？一定要手术吗？难道没有其他办法吗？做手术，一定要现在吗？我还没有想一想，还没有问明白呢。

我拿着手机，茫然无措，不知道该给谁打电话。世界之大，此时，却根本不知道该求助于谁。

护士已来到病房给我备皮、抽血等。什么都没来得及，甚至没来得及想明白，我就被推到了手术室。

无影灯下，麻醉师为我做麻醉。我茫然地顺从地被摆弄着，觉得人生真是滑稽，充满了戏剧性。

自怀孕以来，我一直在为顺产做准备。除积极散步、规律作息外，还买了《温柔分娩》等各种孕产书苦读，认真练习凯格尔运动和拉玛泽镇痛呼吸法。我希望蹦蹦能像他姐姐安琪儿一样，以人类最自然的方式诞生，虽然这个过程会让我痛苦，但我心甘情愿。剖宫产确实能省掉分娩的痛苦过程，只"睡一觉"，醒来就会拥有自己的孩子，但那样太过于轻易了，缺少承担，不足以体现生命之重。

所以，朋友劝我剖宫产，我一直不以为然。我一直相信自己有足够的勇气，可以带着我的蹦蹦一起冲过难关。

可是现在，我所有的决心与勇气，所有的准备和计划，全都落空了。真是"人算不如天算"。

我心有不甘。

麻醉完成，等待主刀医生的到来。手术室是封闭的，安静而温暖，铺洒着梦幻般柔和的光。它很像另一个"子宫"。

心情并没有预想中那样紧张。事已至此，只能任由命运安排了。我也相信，上天已安排好了一切。

一次手术，可能有无数不可预知的结果。我只相信最好的那一个。

麻药使我的下肢失去了知觉，大脑却是清醒的。我闭上眼睛，静静感知着周围的一切：手术台旁医生和护士做准备的声响和对话、酒精的气味都萦绕在周围。

手术开始了。我麻木的肚皮不断被拉扯着，好像花费了很久很久的时间。我猜测腹壁正一层一层被打开，却没有任何痛觉。

我能感觉到强烈的胎动，由腹部转移到胸部。蹦蹦也许正像往常一样悠闲地在他那温暖安全的房子里睡觉或玩耍，突然发现自家天花板被捅了个窟窿，他又惊又怕，迅速逃到母腹上部，离妈妈的心脏更近一些。妈妈的心跳，一直是让他感到安全的存在。可是，他无路可逃。有人在我胸部使劲按压，将他赶往腹部，像好几个人在围追一只可怜的小动物。那惊险的一刻，我感觉到了蹦蹦的恐惧和绝望。这时，只觉肚皮上呼的一下，像一条大鱼被提溜出水面，蹦蹦脱离了我的身体。

一声响亮的啼哭，紧接着一连串响亮的啼哭，我的蹦蹦出生了！

同十八年前安琪儿出生时一样，孩子的第一声啼哭，在母亲受难的无边暗夜里点亮了一簇火苗，我顿时泪满眼眶。

护士告诉我：是个男孩！这个答案，曾让琪爸费尽心思去猜测，但我早就知道。在梦里，在冥冥中，他已经用他的方式告诉了我。我没有感觉到一丝惊讶，一切不过是顺其自然。

扭过头，两个护士正忙着在长形的天平托盘上铺尿布，将蹦蹦抱到上面。这个赤裸裸的小婴孩，啼哭的强度突然迅速增码，手脚乱舞，奋力挣扎，一蹦一蹦地颠着屁股，简直是气急败坏。我的心被他的哭声一下一下戳疼，心想：这孩子，脾气不小呢。同时，又觉得安心：看他颠屁股和大哭的力度，应该很健康吧。

四斤八两，头大，身瘦，腿长，身上胎脂很少，皮肤结实，是一个基本成熟的宝宝了。

护士没有将蹦蹦抱过来让我看，我也没有提出要求。尽管医生护士都很和蔼，但是，当时的我并不像电影中外国产妇那般镇定与从容。我一到医生面前就有些怯生生的。

没有在第一时间将新生的蹦蹦抱在怀里，亲吻他，注视他，真是遗憾。在国内，出生后母婴分离是常态。不论情况如何，都要先将婴儿抱离母亲，去进行检查、测量、监护等。据说有些国家的做法是：婴儿出生后第一时间先放在母亲身边，让婴儿在脱离子宫那个温暖的环境后仍能接触到母亲的身体，培养最初的安全感，增进母婴感情。

蹦蹦被送去了儿科，将在保温箱中度过他来到世界后的七个日夜。

2016年11月6日上午10点28分，是蹦蹦来到这个世界的时间。我于11点30分被推回病房。

换了单间病房，总算安静了。麻醉的药性还没有过去，我静静地躺在床上，觉得空落落的，心里和身体都是。我的腹部捆着绷带，我所熟悉的那些调皮的胎动，那一阵阵坚定有力的胎心音，都已经消失了。蹦蹦，你确实离开妈妈了吗？

怀胎35周，我像个袋鼠一样紧紧拥着蹦蹦，蹦蹦在我肚中偎依着，母子紧紧相连，是一个整体。我用全部的身心滋养着他，他用全部的信任依赖着我。现在，他终于脱离了我，成为一个独立的个体，建立起他自己的呼吸、循环、消化系统。

从此，他独立于这个世界。在我们的照料下，他会慢慢长大，长成一个跟我们一样独立于这个世界的成年人。

我失落。

我欣慰。

安琪儿到医院时，麻醉药性已过去，我腹部的疼痛刚刚开始。她走到床头，伏下来，轻轻亲了亲我的脸。那一刻，泪水又涌满了我的眼眶。

这是我的大宝，她已经长大了。

想我，是个多么愚笨缺少智慧的女人，我半生平凡，碌碌无为，于家，没有尽到责任，于国，没有什么贡献，于世界，不过是鸿毛一点，有我不多，没我不少。我有何德何能，上天在赐给我这么好的安琪儿之后，又给了我一个这么好的蹦蹦。

我该让自己变得多么完美和强大，才能当得起两个天使的母亲？

相望与思念

母子分离的七个日夜

蹦蹦在四楼的儿科监护室，我在二楼的产科病房。一出生，就分离，比原先以为的分离更久，更让人牵肠挂肚。

手术之后，新一轮的输液开始了。长时间的输液之后，还要努力活动，防止伤口粘连。麻醉的药力早已消失，神经渐渐苏醒，腹部的疼痛一阵阵漫上来。好在有镇痛泵，大大缓解了我的痛苦。我抱着肚子及肚子上捆绑的药袋，弯着腰，弓着背，一小步一小步地挪动，每一步都是一场战斗。数到一千步，停下休息，再走下一个一千步。随着时间的累积，所有的伤痕，都将痊愈。我知道，我坚强的身体会渐渐康复。

当天深夜，琪爸已经在旁边的病床上鼾声如雷。在腹部的痛楚中，我辗转难眠。楼道里，一阵阵婴儿的啼哭声传来，我挣扎着下床，披衣站在门口倾听，隐约听见孩子母亲哄逗孩子的声音。远近的病房里，不时有婴儿哭声，强的弱的，近的远的，此起彼伏，然后渐渐归于沉寂。

那是几个不需要送去监护，或监护已经完成的婴儿，在家人的陪伴和围绕下，在母亲身边骄傲地啼哭。

可是，我的婴儿呢？他在哪里呢？

那个小小的婴孩，刚出生就被抱走了，没能跟妈妈相见，没能跟亲人相处，被抱到一个陌生的环境，成为医疗对象，孤单地躺在保温箱里。

我的孩子，就是以这样的方式与世界见面的。

来到这个世界的第一个夜晚，小小的蹦蹦，独自待在那个保温箱里。可怜的他，一来到这个陌生的世界，就远离了亲人。在那个保温箱里，他孤单吗？害怕吗？他会不会声嘶力竭地大哭？他哭时，会有人过去安慰他吗？他饿时，会有人及时为他喂奶吗？他孤单害怕时，会有人把他紧紧抱在怀里吗？他的所有反应，能得到世界的回应吗？

……

想着，想着，我只恨自己是肉体凡身。多么希望自己具有特异功能，立刻变身缩小，飞过夜色中的楼道，飞上四楼，飞进那个保温箱里，轻轻降落在他的身边，紧紧将他拥抱在怀里，在那一尺见方的保温箱里，陪伴他，给他喂奶，把他需要的都给他，让他像在我肚子里一样安全。

可是，我没有特异功能。那么，我希望我内心的爱和温暖，这种无形的力量，会被他感受到，接收到。婴儿刚从天界来到人间，身上的神性、灵性还没有消失，他们应该能感受到成年人所不能感受的东西。何况，母子连心。

此夜，终究无眠。

第二天，琪爸去儿科探视，回来给我看他手机上的照片。蹦蹦的形象，曾在我脑海中被勾勒过无数次，极尽我的想象力——他有一张什么样的脸？眼睛像谁？下巴像谁？笑起来什么样子？……一个个谜在我心中转了大半年。所有的猜测，都是没有实体的轻飘飘的东西。现在，这些猜测终于尘埃落定了。

照片上，一个极瘦小的婴儿，闭着眼睛躺在保温箱里，皮肤又红又皱。小脚旁边有输液的针管，左手腕上戴着腕带。他跟其他婴儿一样，被编上号码来管理。对我们全家人而言，他是唯一，是全部，但在监护室中，他只是二十个婴儿之一，没有名字，只有一个冷冰冰的号码。

只看了一眼，就不忍再看。保温箱里有一支针管，是给蹦蹦使用过的吧，此刻，它在刺着我的心。

术后不到两天，乳房开始发胀，发烧到 39.8 度。原来，是奶水下来了。民间说，奶水是孩子带来的口粮，孩子一出生，口粮跟着就来了。即使宝宝离我如此遥远，但孩子跟母亲之间，分明就像遥控器与接收器一般互相呼应。距离再遥远，那肉眼看不见的连接也不会断。

金黄色的初乳流淌下来，这是被称为"液体黄金"的宝宝食粮呀。可是，它的小主人呢？

除了打针、换药、活动之外，剩下的时间就是挤奶了。现在，我已经成了一只大"奶牛"，或者叫作"奶妈"。为了不浪费这些"液体黄金"，需要用吸奶器将它们吸出来，用一次性保鲜袋包装，给蹦蹦送去，由儿科的护士喂给他喝。而此前，蹦蹦喝的是医院备下的奶粉。

蹦蹦来到世界上，喝到的第一口食物竟然是牛奶做成的奶粉，而不是妈妈的奶水，真是莫大的遗憾。

由于事发突然，我们入院没带任何用品，连张卫生纸都没带。而家中，婴儿的物品也还没有备全。是我过于自信了，一直以为自己能坚持到预产期呢。

琪爸到商店买了吸奶器，手工的。我们都没见过吸奶器，琪爸研究了半天才开始"工作"。奶水源源不断地淌进奶瓶中，吸完立刻送往儿科监护室。每两到三小时吸一次，每次大约半小时。吸奶器的手柄将琪爸的手指磨出了泡，我也极不舒服，但为了让蹦蹦及时喝到母乳，我们都在痛苦中坚持。

我们活脱脱变成了一头正在产奶旺季的大奶牛和一个勤奋却笨拙的挤奶工。

直到七天后出院，满手水泡的琪爸才发现：哦，原来吸奶器的罩子没安装好呢。

每天，琪爸和琪奶除了照顾我，有空就跑四楼儿科。医院不允许随时探视，琪爸就在监护室外转悠。因为在那里，距离蹦蹦最近，他能隐隐听到婴儿的啼哭声，虽然分不清哪个是蹦蹦的声音，但站在门外，他觉得安定而放心。

不知道身为婴儿的蹦蹦，知不知道门外站着他的爸爸，会不会因此而感到安全。

有时，琪爸死皮赖脸的央求竟也管用，他比别人多了两次探视蹦蹦的机会。他用手机拍摄了蹦蹦的照片和视频，也把从医护人员那里了解到的关于蹦蹦的信息一点一点讲给我听。

"看，今天蹦蹦已经不需要打针了。"

"看，他还穿着纸尿裤呢。他的腿好长，跟原先 B 超的结果一样，果然是个高个子！"

"蹦蹦在那里都出了名了，特别能喝奶，第二天就喝了四十毫升，今天已经喝了一百了！"

"护士说，你们的孩子真是了不起，太能吃了！"

"有黄疸，所有孩子都有，所以要在里面照蓝光，黄疸消得快。你看，他戴着眼罩的样子，是不是很酷？"

"今天，看到他在睡梦中笑了，笑得好开心。可惜我没能拍下来。"

……

在琪爸的讲解中，我想象着蹦蹦的样子，心里觉得好过了些。

第三天晚上，仍是个不眠夜。打开手机，胡乱地听着胎教儿歌，那是孕期一直放给腹中的蹦蹦听的。

第一次发现，有首歌跟我常用的那个孕育 APP 是同样的名字——宝宝树（Babytree），由一个稚气的男孩与爸爸妈妈对唱：

  我是宝宝 我是小树

春夏秋冬　阳光雨露

妈妈给我温暖

爸爸教我勇敢

天天伴我成长的脚步

oh baby 你是一个礼物

oh baby 你是一棵小树

你哭出第一声

你迈出第一步

都是我最快乐的刻度

oh baby 你是一个礼物

oh baby 你是一棵小树

扶着阳光站好

抱着星星睡觉

小小创造都让我满足

oh babytree

oh babytree

带着我们的爱和梦起飞

长高一点　长大一岁

幸福成长快乐相随

……

那是一个孩子的心声，那是一对父母的心声。

在温馨的歌声中，我再无法抑制，泪水夺眶而出，终于失声哭了出来。

蹦蹦，我的孩子！妈妈对不起你，没有照顾好你，让你刚来到世界上就如此孤单和恐惧。蹦蹦，什么时候妈妈才能将你抱在怀里，母子重新相聚，让我好好弥补这七天的缺席？

  oh babytree
  oh babytree
  带着我们的梦和爱起飞
  任凭雨打　任凭风吹
  我们永远相依相偎

  任凭雨打　任凭风吹
  我们永远相依相偎
  ……

保温箱里的小树

站在保温箱前那一瞬， 内心突然平和而坚定

病房里，每一刻，我都在想念我那刚出生的孩子。

二十四岁，我生了安琪儿，从此，我的世界里多了一个至亲之人，多了一份永远的牵挂。

四十二岁，我生了蹦蹦，从此，我的世界里又多了一个至亲之人，又多了一份永远的牵挂。

这两个孩子，成了我生命的主要内容。这两个孩子的所有成长，所有历程，都会牵动我的心。

从此，牵肠挂肚，抱着他们长大，牵着他们探索，陪着他们前行，目送他们走向远方，一直目送到目力所不能及（自己生命终结，再也无法目送）为止。

原来，所谓亲情，不过就是生命与生命之间的纠葛。生命之间一旦有了纠葛，从此欢乐温暖无数，亦有牵挂伤心无数。

第一次见到蹦蹦，是在蹦蹦出生后的第六天。之前，因为我

的伤口和情绪等原因，琪爸一直不让我去探视。

我的伤口仍在疼痛，浑身无力，心促气短。琪爸用轮椅推着我，来到儿科。我被要求穿上防护服，戴上口罩，穿上鞋套。进入观察室，只见沿墙放着大约一二十个保温箱，每个保温箱里都有一个婴儿，都在静静地安睡。

我被引领到一个保温箱前面。显然，里面就是我的蹦蹦了。脚刚刚站稳，眼光还没有投到保温箱里面，一股巨大的伤恸从心底袭来，如心底爆发了强烈的地震，那种悲恸的冲击波传遍我的大脑和全身。我被击中，几乎站立不住。

那个小小的婴儿，安静地躺在里面，戴着眼罩，正在照蓝光。他仰卧着，睡得很安恬，很放松，仿佛不是睡在医院的保温箱，而是睡在自家的床上（或者盛装他的子宫里）。眼罩是深蓝色的，如同戴着一个大大的墨镜，倒使他的小脸多了几分痞气和帅气。

那一刻，我的大脑一片空白，不知道自己要做什么——是呼叫他的名字，还是举起手机拍照？我甚至想不起他的名字来，只是呆呆地站着，看着他。

此刻，突然有了另外一种感觉：他很强大！实际上，他可能比做母亲的我要强大得多。我的担心有些多余了。

这种安心的感觉，也是莫名从心底升起的，将我先前内心涌起的悲恸，抵消得无影无踪。不知道这种感觉由何而来？是来自一个母亲的直觉，还是来自我的主观臆测？抑或是蹦蹦，那个小生命，向他的母亲发出了某种信号？他用这种不可触摸、眼睛不可见的方式来安慰我：妈妈放心！蹦蹦是个小小男子汉！蹦蹦很强大!

终于在忐忑中得到了自己想要的答案,我久悬的心放了下来,从此内心平和而坚定。

后来事实证明:安琪儿和蹦蹦,都是比我强大的生命,都比我智慧得多。需要担心的,反而是我。

蹦蹦出生半年后,安琪儿高考。高考出成绩的那天,我心神不宁,坐立不安,难以淡定。成绩出来,比平时的模拟成绩少了三四十分,我和琪爸一时都难以接受。

我的安琪儿的梦想,什么燕园红楼,什么一塔湖图,都远了,远到跟她没什么关系了。连她心仪的几所省重点大学,也都成为梦幻泡影。

十年寒窗,安琪儿一直勤奋,向上,努力追逐着自己的梦想和目标。她想到自己喜欢的城市,自己喜欢的大学,去读汉语言文学,却终功亏于最后一战。

心疼安琪儿,为她破碎的梦想,为她三年高中的辛苦。

一直声称"孩子成材即可,不以高考论英雄"的我,面对孩子的高考成绩竟然号啕大哭,甚至羞于见人。平时构建的达观假象全部崩塌,那时,我才发现自己从不曾看清自己。

作为当事人的安琪儿,那天仅仅是在沙发上坐了半天,看着手机,不说话。后来,站起身,就谈笑如故了。

"妈,我都没事,你哭个啥?大不了从头再来,不是你说的吗?"她笑着打趣我,口气里对我很是不屑。

"我就不信,在普通的大学里,就不能学东西了?!"她往外走，又回头，"这也是你说的吧?!"

当计划落空，理想坍塌，人生遭遇滑铁卢时，安琪儿，举重若轻地开始了她的人生重建。从选择志愿那刻起，她开始重新规划生活了。

父母是孩子的第一任老师，我尤其这样认为。最后，事实告诉我：两个孩子是我的老师。他们都从很多方面引领了我，教育了我，改变了我。

为人母亲，真是惭愧。

盼望着出院，盼望着回家。尽管医院的设施很好，服务也很好，可再好，又怎么能跟家相比呢？家，一个多么美好的地方啊，那里有我们家庭生活的全部内容，多么温暖，多么舒适。现在，我再也不会嫌它小，再也不会嫌它杂乱。最最关键的是，家里面，有我们蹦蹦的未来呢。

蹦蹦，你那么小，你知道咱们的家吗？你是个天使，刚从天界来，灵性满满呢，你怎么会不知道家呢？那么，你也向往咱们的家吗？你也等得有些焦急了吧？

蹦蹦出生第七天，顺利通过离院前的检查。我的恢复情况也良好，伤口拆线了。——我们母子都很强大。

终于要出院了！

阳光晴好，一切都安稳平和。

琪爸在办理出院手续，琪奶、琪姑和琪姑父帮忙收拾东西。我穿好羽绒服，包严头和脚，等待着，等待着。终于，琪奶和琪姑将蹦蹦从儿科抱到我的病房来了,进来得很急,都喘着粗气,像是趁人不备,将蹦蹦偷抢回来似的。

蹦蹦终于是我们自己的了!

蹦蹦被红色的被子包裹得严严实实的,头部还遮着红色的头巾。我轻轻掀开头巾,那么小的脑袋,那么小的脸蛋,紧闭着眼睛睡得沉沉的,唇边有一丝极浅的微笑。

我们抱着蹦蹦,走出病房,穿过长长的楼道,乘电梯,下楼。一路上跟新老病友(孕友)、医护人员打着招呼。春风一样的笑容,传达着终有成果的喜讯。这些相碰撞的眼神与笑意,于我们是感恩与自豪,于他们是祝贺与欣慰。

共住院十七天:保胎十天,生育之后又是七天。期间曲曲折折,跌宕起伏,活脱脱一场人间悲喜剧。琪爸的体重掉了十五斤,平均每天减一斤,这可是以往健身一年也达不到的效果呀!

入院时,是我和琪爸两个。出院时,增加了一口人。原先惊险之际的那个恐怖设想终于没有成真,我们带着蹦蹦回家啦!

虽然身体还很虚弱,但那天路上,在车中,我直想放声唱歌。

写给医院的感谢信

我所理解的医疗之义

曾经,我对医院充满畏惧。

害怕那里来苏水的气味,害怕那里冷冰冰的医疗器械,害怕自己在那里变成一具待肢解的活体,更害怕的,是医生那高而冷的态度,害怕自己的笨拙会遭到他们的鄙夷和嫌弃。

人被疾病和灾祸打击和伤害时,会感觉到自己的弱小、卑微、无助。不论你在社会上有着怎样的脸面和成就,只要进入医院,你就是个病号,就要小心翼翼地咨询,小心地看医生的脸色。去药房或护士站问件事,也可能会被训得没鼻子没脸。谁叫你是待宰的羔羊?

我说的,是某些医院,特别是前些年医院的大致情况。

十八年前生育大宝的经历,给我留下的阴影在心中长久不灭。

十八年前,是在当地的一家大医院生的大宝。照当时大部分人的做法，入院前要先找熟人。当时，很傻很天真的琪爸和我，并不明白"找熟人"的真正含义。我们确实托熟人辗转打了招呼，却没有送礼，结果，我们的"熟人"好像没有任何效果，甚至起到了相反的作用。

一进待产室，我就因动作迟缓遭到了护士毫不客气的呵斥，到产房后，又持续遭到几个医生护士的斥骂，有些语言甚至跟村子里的泼妇说的没有区别。那些污言秽语不断泼洒在我身上，甚至有"孩子死在肚子里"的诅咒夹杂其中。

奇怪的是，另两张产床上那两个产妇却得到了温柔的关照，仿佛他们是相熟的人，或者，她们是医院的VIP客户。但其中一个孕妇喊痛声音大了些，护士立刻不耐烦了，说："你都找了熟人送了礼，咋还这么不自觉？！"

那是我生平第一次生育，也是自幼第一次住院，不仅承受着肉体的极大痛苦、第一次生育时内心的恐惧和紧张，还承受着医生护士们的恶劣言语。在那漫无边际的痛苦中，精神的痛苦压过了肉体的痛苦，我咬紧牙关与安琪儿一起熬过了生死之际。

当安琪儿略有些哑的哭声响起，我泪如雨下。出产房见到琪爸等亲人，再一次泪如泉涌。

一个女人，从妊娠反应到分娩，越往前走，她越会发现：不论丈夫或家人对自己多么关心，最终承受一切的只有自己。与痛苦贴身肉搏时，自己终究是一个人。其实，所有的生命何尝不是如此？在世间踽踽独行，所有的体验与领悟，都只属于自己而已。

从此，我畏惧和厌恶医院。

此后多年里，与其他同学、朋友等交流生育的话题，才发现，他们几乎都在入院前找过人，送过礼。

也是这种畏厌，导致生育大宝一个多月后，某部门要求我去放节育环时，尽管剧痛难忍，痛得要吐出来，我仍然紧咬牙关，不敢吱声。那些人员的冷漠和不耐烦，使我噤若寒蝉。紧接着是出血，连续几天的剧痛，连续一年半的腹痛。我并不知道，当时那个金属环已经穿破了我的子宫。

一年半后，发现环在腹腔。那个机构的领导质疑说："不可能是当时穿破的！如果当时就穿破了，一般人怎么承受得了?!"

据说，人类的痛苦分为十二个级别，级别越高，痛感越大。手指被割断的痛是十级，分娩的痛是十二级，也是最高级别。而我被放置那个节育环的痛，竟然高于我分娩时的痛。只是当时被训斥的羞耻和恐惧掩盖了那肉体之痛。

我该对谁诉说！

怀上蹦蹦后，我不敢再去生安琪儿的那家医院了，于是到了现在这家医院。这家医院院龄较小，但服务质量很好，声誉不错，用孕妇和家属们的话来说就是"医生脾气好，不训人"——我们草根百姓的要求是如此之低，低到只要不训人，就是服务好！

服务好的含义，显然不是这样。传闻缺乏凭据，好不好体验过才知道。我在亲身体验之后，有了很多感慨。出院后，在蹦蹦睡熟的时刻，我用手机一字一句地写了一封感谢信，托琪爸转交给医院。送感谢信或许落俗，写的却是我的真心感受。以下是感谢信的内容摘录：

尊敬的院领导：

　　您好！我是一位刚从贵院出院的大龄产妇，四十二岁，二胎怀孕33周时因胎盘早剥大出血于10月27日在贵院产科一区保胎治疗，11月6日剖宫产生下一名男婴，母子平安，于11月13日出院回家。前后住院共十七天，其间，作为一名大龄孕妇，我在这个化险为夷转危为安的曲折过程中，亲身体验到贵院医护人员优质的服务，从种种细节感受到医护人员的亲切关怀。在人生"飞来横祸"时受到救援与安慰，最终安度险关，我和家人感激且庆幸。在此，特向贵院产科所有医护人员表达我及全家人深深的敬意和感激之情。

　　以前对贵院的了解，以耳闻为多。但这次住院，深入医院内部，亲身体验到了贵院的优质服务。孕期数次产检及住院后十七天的近距离接触，使我对贵院的认识由笼统走向直观，甚至改变了我此前多年对医院和医护人员的成见，以及对"医疗"二字的固有印象。

　　在这里，我第一次发现，医护人员可以如此温和，完全不是我原先印象中"冷冰冰"的形象，而是邻家姐妹般的亲切。在这里，我不必担心因动作笨拙而被训斥，因病态而遭嫌恶；在这里，我不必担心什么都不懂，因为这里的医护人员热心至极，不厌其烦；在这里，凌晨来上班的护士，要将自己的手暖热了才给病人检查或打针。

亲眼看到,一位年轻的二胎孕妇在这里长期保胎,情绪低落,时不时要点孩子脾气,医护人员像姐妹一样爱护她,开导她,逗她开心。临产之时,距预产期还早,胎儿也小,大夫建议试行顺产,孕妇担心顺产会疼(她头胎是剖的),要求"一剖了之"。大夫和护士们甚至像"哄孩子"一样,动之以情,晓之以理,反复分析利弊得失,只为了让其接受一个更加合理的治疗方案。进产房前,她的婆婆着急地对大夫说:"俺这孩子脾气不好,疼得厉害了怕会发脾气。"大夫们都说:"您放心吧,我们都理解,都是可以担待的。"——相较于我以前在其他医院的经历和见闻,产妇因大呼小叫而遭医生训斥似乎天经地义。我第一次见到产科医生如此包容和理解病人,感到非常意外,对贵院的敬意更深了一层。

住院期间,为了抢救我这个大出血病号,大夫们常常忙到半夜。亲眼看见我才知道,对一名医生来说,夜以继日、废寝忘食是常态,而按部就班吃饭休息则是一件奢侈的事情。可以想象,对于家庭和家人,她们是经常缺席的。虽然她们脱下白大褂也是个普通的女性,也是妻子、母亲和女儿。可以想象,若缺少敬业奉献的精神和坚韧的毅力,很难在这样的岗位上长期坚守。

过去多年的医疗经历,让我觉得医院就是冷冰冰的。因为,白色是冷冰冰的,医疗器械是冷冰冰的,突如其来的疾病是冷冰冰的,医生的脸色也是冷冰冰的。但现在,她们给我的温暖化解了我内心里的冰凌。我终于明白：医疗，原本应该是这样的，是人类之间相互的救援和关爱，是人类社会互相扶助的人性温暖。医患在共同对抗疾病的过程中，原本是并肩作战、休戚与共的。贵院的服务，还原了医疗应有的形象。

隔行如隔山。对于医疗工作，我是外行，或者难以准确评价，但作为一名随时可能求医问药的群众，对一所医院的服务是亲身体会的。我注意到：贵院处处以病人为中心，收治孕妇没有"拣择"现象（个别当地医院拒收情况急重的孕妇，哪怕孕妇临产），在分娩方式选择上也以母婴健康为第一要义。我亲眼看到多名一胎剖宫产的孕妇在这里顺产二胎。而有些医院因不愿承担"剖转顺"的风险，而使多少姐妹陷于"一次剖终生剖"的"定数"。相较之下，贵院的医疗理念、医疗原则是对人负责、以人为本的。这，才是医疗的正途。

在这里，我重新理解了美国特鲁多医生的墓志铭："有时，去治愈；常常，去帮助；总是，去安慰。"

……

下篇

新生

再为人母

我和你互为天堂

蹦蹦的新生,也是我们的新生。
新的生活开始了。

家中早已送了暖,温度像到了春天。
蹦蹦躺在自家床上,醒了,哭啼着要奶吃。
十八年前,安琪儿出生。初次当妈,看着襁褓中小小的婴儿,那么小,那么软,我竟然不敢触碰,怕因为我的笨拙而碰坏她,以至于很长时间我都不敢抱她,而是侧躺着喂她奶吃。
第二次当妈,一下子就进入了母亲的角色,将蹦蹦抱起来搂在怀里喂,没有片刻犹豫,以至于琪爸颇意外地看了我一眼。
十八年前,第一次当妈,二十四岁;现在,第二次当妈,四十二岁。十八年的间隔,十八年的历练,总算使我进入了母亲这个角色。
十八年前,年轻的我还玩心未泯,育儿完全依赖父母辈,不仅靠他们帮忙带娃,而且他们完全是我的育儿导师。他们用农村代代相传的经验来养育孙辈,我也乐得省心。安琪儿婴幼时期的大多时间,是在爷爷奶奶的怀抱里度过的。

现在,琪爷早已过世,琪奶也年逾古稀,已老迈无力。其实,即使他们都在且健壮如当年,我也不想再将责任推给他们。

第一次当母亲,我在孩子的成长中多次缺席,多年以后的今天,才终于明白:我才是孩子的母亲,我对自己的孩子负有全部责任。自己的娃自己带,无可推卸,无可依赖,也不想推卸和依赖。

四十二岁,我要陪我的宝宝一起成长。

蹦蹦饿时,会摇晃着脑袋到处寻觅。我将乳头送过去,他竟视而不见,将头使劲仰起,扭向左上方,张着嘴,左右晃着,焦急地继续寻找。不论抱着还是躺着,他都要先将头扭向左上方去觅乳,这种奇怪的姿势让我们觉得好生奇怪。后来,才突然想明白:这姿势是他在保温箱中养成的!

在保温箱中,护士用奶瓶喂他,将手从保温箱右侧伸进去,他吃奶瓶时,必得将脸扭向自己的左上方才能吃到。每两小时喂一次,这样持续了七天时间。

想到他在保温箱中的那七天,心里就沉甸甸阴郁郁地难受,为自己没有照顾好他而内疚。如果足月顺产,就不会有这七天的母子分离,他就不会受那七天的孤单之苦。

不知道怎样才能弥补那七天的缺憾,那可是他来到这个世界最初的七天呀!

我一次次盯着他的小脸细细看，这个小生命，分明是一个奇迹：十几天前，这个家里还没有他，世界上还没有他，他是我腹中时常蠕动的一个未知生命；八个月前，这个世界甚至连腹中这个未知的生命也没有。

没有他时，或者，他尚未来时，他是什么？一缕风？一束光？一个信号？一阵波？还是一个概念？或者，是虚无？

这个世界上，曾经没有他，世界仍是世界；现在，世界上有了他，他就成了我的全世界。

一个生命从无到有，再到成长为一个体格健壮、思想丰富的成年人，这是只有造物主才能实现的奇迹呀！

而这个奇迹，竟然与我有关！我是个多么平凡，多么缺少智慧，甚至有点蠢的女人啊！

抬起头，虽看不见冥冥中那只拨弄人命运的手，却能感觉到上天那张慈祥的脸。在我们孕育生命的过程中，他老人家给了很大的眷顾和面子。即使有波折和惊险，也只是善意的提醒。只是我思维驽钝，不能马上领受罢了。

再次当母亲，没有了往日的安眠。

每天的二十四个小时里，每两小时左右，就要喂一次奶，这次吃左边，下次吃右边。蹦蹦的作息还没有昼夜之分，我便也没有了夜晚和白天的概念。

喂奶的间隙，要带他晒太阳（也许因为早产，黄疸消退得慢），帮他换尿布、洗尿布、晒尿布。他每天拉尿的次数跟吃奶的次数几乎一样多。

于是,我的每一天,就被一次次喂奶、一次次换尿布、一次次洗尿布分割成了一缕缕细碎的布条,又像被撕成了不规则的碎片,甚至连五分钟的空闲时间都没有。只有在他入睡后,才能蹑手蹑脚地整理尿布、去吃饭、上洗手间。明明新的一天刚开始,转眼间,窗外夕阳暮色已在树梢了。

一夜,半梦半醒中,感觉仿佛在给蹦蹦喂奶,喂完了一个蹦蹦,过会儿又喂了另一个蹦蹦,一夜间喂了无数个蹦蹦,他如孙悟空般化出千万个肉身来。猛然醒来,一看,身边只有一个蹦蹦而已,忍不住笑了。

有时抱娃走着走着,竟然进入了梦乡,而双腿却仍在走动,硬生生直撞到衣橱玻璃上。为避免这样的危险,就使劲,再使劲睁开双眼,恨不得找两根木棍将眼皮撑起。真想找个地方好好睡一觉,但带娃的妈妈哪有休息的权利?在孩子身边,竟如同"上火线"一般,忙得脚不沾地,根本喘不过气来。偶逢身体不适兼又饿又累,而娃又在哭闹之时,竟有即将崩溃之感。所以,只有亲身体验过这种感觉的宝妈,才会理解那些得产后抑郁症的女人——是的,完全可能!如果一个女人产后带娃时,得不到丈夫和其他亲人的帮助和关心,甚至还要承受歧视和精神虐待,那么,这重压足以将她击垮或逼疯。

一天天的磨炼下,我竟然不再犯困,每天,头脑都像打了兴奋剂一样。我可以抱着蹦蹦,轻轻哼唱着我能唱的所有歌曲,熬过漫漫长夜。如果哪天他睡的时间长些,我得以在旁边连续睡上一个小时,我就可以整夜不困,瞪着眼睛像一只猫头鹰。

从此,夜不解衣,这样的习惯一直持续到两三年之后。

自怀孕前后，偶于恍惚之时，竟能"看"到一位学者一般的老人，高个，清瘦，穿着极干净板正的浅蓝色上衣。有唯心的朋友说，或许，那是孩子的前世。而我，却觉得那是蹦蹦将来垂暮时的样子。

蹦蹦，为什么我总会想到暮年的你？

你，我的孩子，也有衰老的一天。而那时，我，这个牵挂你的母亲，又在哪里？

心酸。

孩子，是不是能想到你的暮年，才是包容了你的全部生命？

那一天，夜已极深，我在灯影里怀抱着蹦蹦，看他各种花样的表演：打哈欠，瞪眼，小脸上现出一堆抬头纹，嘴嘟着，分明是个滑稽的小老头。

我笑了。瞬间想起了电影《返老还童》中的本杰明·巴顿，那个逆生长的可怜人。其实想来，无论顺时生长还是逆时生长，人生不都是迟早要结束的一条线段吗？好在，他是幸运的，遇到了爱自己的养母，爱自己的女人。那位母亲，即使怀抱的是一个丑陋的小老头，也要养他成长；那位伴侣，即使与他的年龄相差越来越大，最终也注视他渐渐长成婴儿并在自己怀中离世。那，都是全面接纳、全面包容的母性之爱。

我也想到了巴顿无奈主动离开家时，留给女儿的一封信：

只要是有意义的事　再晚去做都是有意义的
做你想做的人　这件事　没有时间限制

只要你愿意　什么时候都可以开始
你能从现在开始改变　也可以一成不变
这件事　没有规矩可言
你能活出最精彩的自己　也可能搞得一团乱
我希望　你能活出最精彩的自己
我希望　你能驻足这个令人惊叹的世界
我希望　你能体验从未有过的情感
我希望　你能遇见一些想法不同的人
我希望　你为你自己的人生感到骄傲
如果　你发现自己还没有做到
我希望　你有勇气从头再来

现在，在心里重温这些句子，也想把它们送给蹦蹦和安琪儿，我的孩子们。这是我给你们的人生寄语。当然，这些句子，同时也送给我自己。

人生虽已过半，但回顾前半生，并不明了人生的意义，浑浑噩噩，糊涂居多。我也希望自己能——从头再来！

休产假在家半年，极少出门，也忘记了世上还有镜子。偶尔照镜子，惊讶于迅速增多的白发和皱纹，以及赘肉。更让我难堪和痛苦的是，带娃下楼，遇到其他带娃的，人家总让孩子呼我"奶奶"。

劳累，加速了身体的衰老。

但，我并不盼着蹦蹦长大。他偎依在我怀中，安然熟睡的样子，足以醉人。他那小脸，一如孕期我曾经梦见的那些婴儿。一千个婴儿，可能会有一千种不同的模样，带着父母 DNA 的烙印。但，虽然有一千种不同的模样，却都拥有同样的完美。

世界上哪有天堂？这里，就是天堂了。

怎么会盼他长大呢？虽然，他长大后自有他长大后的幸福，但是，我非常珍惜现在拥抱他的时光。

蹦蹦渐渐长大了：半岁，一岁，会走了，会叫爸爸妈妈了，一岁半了，两岁了……

亲眼看着他由一个小小的婴儿，变成了一个幼童。

不得不感叹：养育孩子，实在是很有成就感的事情。

孩子在成长，情感也日益丰富起来。给他讲故事，当讲到有关母爱的情节时，他会扭过头，使劲抱我，用小脸蛋蹭我的脸。

那一刻，我就是世界上最幸福的人了。

他到处乱跑，我故意装作焦急的样子，喊："蹦蹦呢？妈妈的孩子呢？"

他立刻喊："在这里！在这里！"急匆匆折返回来，跟跟跄跄，隔老远直扑进我的怀里。

有一天，带他到小区超市买了许多水果，放在小推车里。我一手抱他，一手推车，走到半路，胳膊痛麻，气喘吁吁，只好对他说："蹦蹦，妈妈好累，要不你下来吧，妈妈领着你走。"他"嗯"了一声，立刻从我怀中溜下来。我刚要腾出一只手牵他的手，他却挣开，踮着脚，举着两只小手帮我推车，一直推到我们家车库。那时，他只有一岁半多点。

蹦蹦两岁。最喜欢的事情仍是趴在我怀里，让我抱着走来走去地唱歌。他能很快学会一首歌，还喜欢跟我一起改编歌词。

这天，再次给他唱《世上只有妈妈好》：

世上只有妈妈好，有妈的孩子像块宝。投进妈妈的怀抱，幸福享不了。

蹦蹦调皮地唱成"世上只有蹦蹦好"，淘气地咧嘴向我笑。我高兴地同他一起继续改编，最后这首歌被我们娘俩变成了这样：

世上只有蹦蹦好，有蹦的妈妈像块宝。投进蹦蹦的怀抱，幸福享不了。

我俩的"淘气"一拍即合。唱完，娘俩相视而笑。

连唱几遍后，我咂摸出味道来：是啊，孩子有妈妈，他是幸福的；妈妈有孩子，她也是幸福的。有了爱，有了彼此，就有了全世界。

原来，母亲与孩子是互为天堂的呀！

妈妈与奶奶的战争

两代人新旧育儿观的冲突

在传统的中国家庭中，带娃，往往全家人齐上阵。而带娃的主力，就是娃的妈妈和奶奶。我和琪奶也一直是共同带娃的"亲密战友"。但我们这两个女人，从思想到生活方式到育儿理念，样样都存在着不小的差异。于是，难免出现争执。

NO.1 尿布 or 纸尿裤

琪奶坚持给孩子用尿布。她说："尿不湿那玩意不透气，捂屁股，让孩子受屈。尿布是棉的，透气，吸水。从古到今，孩子不都用尿布吗？"蹦蹦未出生，她早已备了数百块尿布，哪怕娃尿得多，哪怕阴天下雨，备换的尿布都绰绰有余。用过的尿布洗涮一下，搭在阳台、窗台、婴儿车上，高低错落，旗幡般飘扬。晒干的尿布，一块块收起来，细细折叠好备用。

我是在二孩时代才认识纸尿裤的，这个时代纸尿裤早已被宝妈宝爸们普遍接受。经过一番考察，我也很快接受了这个新玩意：真是神奇，一泡尿下去，尿液渗进裤中，纸裤表面仍干爽如初，能连装几泡尿，不必担心宝宝会泗红屁股。传统的尿布虽然干爽，可一旦尿湿，如果大人没能及时发现，就湿漉漉的一直捂着宝宝的屁股。有几次蹦蹦在褪裤中熟睡，我们都大意了，等发现时，湿尿布已经捂了他一两个小时。所以，综合考虑，纸尿裤方便、透气、贴合宝宝身体、不会泗红宝宝的屁股，既节省了大人的时间，又不打扰宝宝睡眠，实乃一举多得。

但琪奶不接受我的说法。我前脚给蹦蹦穿上纸尿裤，她后脚就给换成了尿布。

有时，蹦蹦尿了，琪爸过来搭手。我说："换纸尿裤吧！"琪奶说："穿那个干啥？换尿布！"琪爸刚将纸尿裤拿在手里，又犹豫着去拿尿布，满脸为难。

无奈，只能白天使用尿布（当着琪奶的面），晚上使用纸尿裤（晚上自己带娃，自己说了算）。

NO. 2 包被 or 穿衣

琪奶坚持使用传统的"蜡烛包"将蹦蹦包裹好，腰际再捆上一根红布条。这样，蹦蹦能自由活动的就仅有两只手了。而这两只手，还是他使劲挣扎着从"蜡烛包"中逃出来的。

我不忍，希望蹦蹦能自由地活动，自由地蹬着小腿，挥舞手臂。他是个小生命啊，生命，可不就是在肢体活动中成长的吗？所以，我想给蹦蹦穿漂亮的宝宝衣。

琪奶说："孩子小，太嫩了，咋能穿衣服呢？"于是，我精心挑选的那些漂亮宝宝服只能闲置在橱子底下。

NO.3　厚被 or 薄被

琪奶总用厚厚的被子包着或盖着蹦蹦。她说:"宝宝刚出生,娇嫩,怕冷,一定不要冻着。"但我们家室温二十多度,琪爸、琪奶和我,在家都只穿秋衣秋裤,着急了还会出汗。

我这样说,琪奶白我一眼,说:"刚出生的孩子能跟大人一样吗?万一冻坏了咋办?"

蹦蹦的脸又黄又黑,黄疸持久不退,还起了满脸红色小疙瘩,不时烦躁得直哭。

去医院检查黄疸时,琪奶坚持给蹦蹦包上了两层厚被子。这个巨大的襁褓很难抱,只好由琪爸来抱。医生一见,责怪说:"你们在家也给孩子包成这样?!瞧,热得这满头满脸痱子……"

我看看琪奶,她不作声,像没听见。医生告诉我们,以家中的温度,只需要包(或盖)一层薄被就可以了。

还是医生的话管用,回家后,琪奶再不因被子厚薄的问题跟我争执了。

NO.4　洗澡 or 不洗澡

蹦蹦出生后,医院赠送了一张婴儿洗澡游泳的免费体验卡。一起住院的宝爸宝妈们,孩子才出生几天就抱着去洗澡游泳了。

蹦蹦的脸很粗糙,黄疸、湿疹、痱子不断。"听说洗澡会有帮助。"我刚说出口,琪奶就嚷起来:"俺的天!出生才几天?这么小,哪能洗澡?!感冒了咋办?"我告诉她,现在新生儿洗澡是很正常的事,她拉长着脸,摇着头,像块顽固的石头,听不进一句话。

蹦蹦是出百天后才第一次洗澡的。琪奶一百个不乐意，一百个不放心。我们让她跟着去看看。在医院洗浴中心，里面沿墙摆放了十几个宝宝浴盆，同时有七八个宝宝在家长和护士的照看下，戴着脖圈在水池中游泳或漂浮，宝宝们都很享受的样子。因为，被温水包围的感觉，像极了在妈妈子宫里漂浮于羊水中的感觉。

琪奶跟我们一起忙活，洗完，抱着蹦蹦回家，她没再说什么。第二次想带蹦蹦外出洗澡时，她仍以"孩子小、易感冒"为由，唠叨着不断反对。

五个半月大时，蹦蹦第二次去洗澡游泳。那时他已开始认人，哇哇大哭，像是遭到谋杀一般。琪奶反对的理由更加充分了。从此，蹦蹦再没外出洗过澡。

NO.5　下楼 or 不下楼

蹦蹦三个月大时，已是春天。楼下的小花园里，每天都有一些妈妈、奶奶、姥姥或抱着娃，或用婴儿车推着娃，在散步、晒太阳，而蹦蹦只能由大人抱着，在落地窗前隔着玻璃看外面的热闹景象。琪奶不让带蹦蹦下楼，蹦蹦唯一外出的机会是打预防针的时候。

"孩子这么小，下楼感冒了咋办？还会有传染病……"

琪奶带娃的谨慎，真是让人惊叹。但孩子总得长大，总得到外面去吧。在真空中成长，怎么能提高免疫力，怎么能健康呢？而且，我们的蹦蹦还得到大自然和社会中去长见识呢。

直到蹦蹦快六个月的时候，一个极暖的天气，趁琪爸和琪奶回老家的空儿,我才得以抱他下了楼。那一刻,竟有一点逃出生天的快意和庆幸。

那时,树木葱茏,花香阵阵。这个小小的婴孩,一下子被眼前这个神奇美丽的世界惊呆了,盯着那天,那树,那楼房,和各色人等,呆呆地看。

NO.6　请保姆 or 不请保姆

蹦蹦出生时,琪奶七十岁。七十岁的琪奶经常腰酸腿痛,还糊涂健忘。让她带娃,我们都于心不忍。于是,我和琪爸商议找月嫂或育儿嫂,好减轻老人家的负担。

"你们挣钱多啊,还找保姆?!你们找保姆吧,让外人来给你们带娃,我也没啥用了,我回老家去!"琪奶脸一拉,就开始收拾东西——像许多当地人一样,琪奶也是将月嫂、育儿嫂和保姆都混为一谈的。

我和琪爸面面相觑,只好小心哄转过来。

二孩时代,婴儿潮带火了"月嫂"这个行业。我们这里大公司的月嫂月薪能达 1.5 万至 2 万元,普通的也在几千到上万元不等。若是保姆,倒还好些,一般也就三四千元左右。毫无疑问,聘用月嫂或育儿嫂,经济压力是有的。因为每月,我们还要还房贷,支取大宝的生活费,还有生活各项开支。但是,生娃养娃,也就这一遭了,请月嫂或育儿嫂帮忙减轻些负担,不是不可以的。

琪奶反对,不仅是因为不放心"外人"来带她的孙子,还替我们心疼钱。她亲自带不仅自家人放心,还省掉了这笔开销。

拒绝这笔开销的同时，也拒绝了轻松，以及可以学习更科学的育儿知识的时间。于是，我和琪奶这两个女人，又在紧张劳累的带娃过程中，产生了育儿之争。

NO.7　让娃自己吃 or 追着喂

"蹦蹦，你的嘴大不大？张开我看看……"趁蹦蹦张开嘴，琪奶麻利地将一勺饭送进蹦蹦嘴里，而蹦蹦此时正忙着玩积木。

蹦蹦跑来跑去地玩，琪奶就弯着腰，端着碗跟在后面跑，追到了，立刻再送进嘴里一勺。勺子快速送食物进嘴的动作，像极了锅炉工将沉甸甸一铁锹炭送进火红的炉膛中。

这是十八年前喂养小安琪儿的情景再现。

我希望孩子自己动手。吃饭，是人的本能，当是孩子自己的事。他饿了——他想吃——他寻找食物——他伸手去取食物——他将食物塞进嘴里——他喂饱了自己，他渴了——他想喝水——他去找水——他喝水——他解了渴……

这一系列活动，不都出于本能吗？开始时，也许他吃得不好，会将饭粒掉得到处都是，弄得满脸饭渣，可一次生，两次熟，几次数十次之后，他会吃得很好，喝得很好，会熟练得像玩玩具一样，而且通过自己喂饱自己，自己做成一件事，体验到成就感，得到成长。

现在，吃饭倒好像成了大人的事，与他无关——由大人来判断他是否饿了，是不是爱吃，大人替他将饭塞进嘴里，判断他是不是饱了，大人追着逼着诱骗他吃饭……大人替他做种种选择，种种事情，他只是被动接受。与此同时，他的玩耍，也被一次次打断。

这样追着喂出来的填鸭，会有独立自主、自理自立的可能吗？

安琪儿，就是这样被追着喂到了小学二三年级。现在，蹦蹦又这样开始了。

安琪儿小时候健壮爱动，走路却很迟。因为快一岁时正是冬天，琪爷琪奶一直把她揣在怀里，说地上太凉，等开春天暖后再学走路也不迟。于是，安琪儿成为同龄孩子中走路最晚的一个。

安琪儿一直生活自理能力差，怪谁？

那么，蹦蹦的未来呢？

现在，琪奶虽然年逾古稀，但仍然老骥伏枥，壮心不已，继续用她浑身病痛的羸弱身体喂养着她的孙子，不时还要将安琪儿未及时洗的衣服抢去洗了。

她的这种爱，将如影随形，陪伴在孙女孙子生活的细枝末节中。

……

"妈，咱得让孩子自己动手……""妈，专家都说，得让孩子多多接触新鲜事物，多去室外活动，有利于他的身体和大脑发育……"我苦口婆心，一遍遍劝谏。

琪奶才听不进去！她有一种听而不闻的本事，使我的话如同落入虚空，连点回音都没有，唯一的反馈就是拉长了的阴沉的脸。

我很是无趣，只有暗自着急。有时，说得略多一些，琪奶就白我一眼，说："你懂什么？书上看的、专家讲的，那都是胡说！我不懂？我不懂，他爸是咋长大的？他姑是咋长大的？我带大的孩子多了去了（琪奶还带过琪爸的表哥、表姐以及琪姑的孩子）……"

于是，穿衣、洗澡、穿纸尿裤、下楼玩……在别的孩子那里极为平常的事情，在我们家，就成为阻力重重的大工程，必须联合琪爸，或借助亲友等外援敲边鼓，对琪奶迂回包抄，与其打心理战，斗智斗勇，才有可能实现。

这，是我的孩子啊！如何养，如何教，该是我自己的事情啊！

我心中充满郁闷。曾经痛下决心，为了自己的孩子，我要进行一场"战争"，要按自己的方式带自己的娃，给孩子我所能给予的最好的养育方式。

这是一场新与旧的战斗。我想把自己的孩子带入一个全新的世界，不希望旧的、落后的东西来拖他们的后腿。将来，孩子们长大了，我老了，落后了，我会躲到一旁，不去影响孩子们。——世界终究是属于新一代的！

但，终于，没有战火，也没起硝烟。在我们家中，同国家和世界一样，和平发展大于一切分歧。

满头白发的琪奶，忙得脚不沾地的间隙不停敲击着自己的腰和腿。她常常感叹："孩儿啊，你来得太晚了！你哪怕早来五年，奶奶也能更有力气呀！"

是啊，政策放开得太晚了，琪奶年过七旬了。七十多岁的琪奶，一生辛劳，这个年龄原本应该在享清福，却整装上阵，成了全职"月嫂+保姆"。

琪奶绝对是世界上最伟大的母亲，没有谁比她更爱琪爸，也没有谁比她更爱安琪儿和蹦蹦。爱孩子，爱孩子的孩子，是她的本能，是她的信仰。她是个农村妇女，没什么文化，不懂什么教育方法，只有一个朴素耐劳的身体。她一直在用她自己的方式去爱。

有了蹦蹦，将来，我也是要做婆婆的。假如二十五六年后蹦蹦结婚了，那么，给蹦蹦带孩子时，我正是琪奶现在的年纪。那时，我也一样腰酸腿疼、体力不济吧？也一样思想陈旧、观念落后吧？尽管全力以赴，但谁又敢说自己就能做到十全十美呢？蹦蹦的媳妇会不会也暗地里嫌我不会带娃？如果我跟蹦蹦媳妇之间发生不愉快，蹦蹦夹在中间左右为难，我该多么心疼……

这样想着想着，心就如被温和柔细的雨水慢慢浸湿一般，柔软起来。我不愿再多说，避免伤害另一位母亲。

其实，不论用尿布还是纸尿裤，不论用传统的还是新式的养护方式，都只是细节问题而已。不论用哪种方式，孩子都会长大。

尽管想给孩子更好的原生家庭，给孩子更好的养育方式，但先天的条件局限有时真觉得难以突破。结婚二十多年，发现自己很难从这种传统的家庭生活方式中剥离出来。所有的不如意，只能期待孩子稍大些时慢慢去改变和纠正。

蹦蹦迟早会长大。他长大后，也许会听说他小的时候妈妈和奶奶为了抚育他而发生的"战争"。这是妈妈和奶奶站在各自立场上，用各自认为的最好方式爱他而产生的冲突。

但愿那时，蹦蹦的内心不是痛苦和遗憾，而是欣慰和感恩。

为你，千千万万遍

只有亲尝这些琐碎和重复，才能理解爱

2016 年 11 月 26 日，蹦蹦出生二十天，我的育婴记录：

1：30　喂奶
3：35　喂奶
5：35　喂奶
7：35　喂奶
8：50　喂奶
10：05　喂奶
12：30　喂奶
13：35　喂奶
15：10　喂奶
17：10　喂奶
18：00　喂奶
19：15　喂奶

20：30　喂奶

22：30　喂奶

其间，尿 10 次，拉 3 次，上午晒太阳 1 小时，下午晒太阳 40 分钟。

这是我的育儿日常。

蹦蹦的喂奶时间是他自己确定的。几乎每隔两小时左右，他就自己找奶吃。他的作息似乎很科学，即使睡觉，也不超过两小时，可能怕耽误了吃奶吧。于是，我这个妈妈，也像设置好的闹钟一样，自动跟他同步。他出生后，我就再没有完整的睡眠，那觉那梦都是碎片化的了。

我的每一天，每一个二十四小时，都被分割得支离破碎，被撕成了十余根细条条。在这间隙里，还要逗他、哄他、给他洗尿布、抽空去吃饭或如厕。洗尿布、吃饭或如厕时，都要一路小跑。若醒来发现我不在身边，他会哇哇大哭。现在，亲娘就是他的天，谁都无法替代。

蹦蹦喜欢我抱着他走来走去，边走边唱。每当抱起他，迈开双腿，轻轻哼起一首歌时，蹦蹦就立刻停止哭闹，安静地偎依着我。他很享受这种感觉，大睁着双眼，盯着我的脸或者天花板，在我臂弯轻轻的摇晃中，在我轻轻的歌声里，放松地陶醉着。我曾经想象过他的感觉，在他的仰视中，我就是一只行走的摇篮。而我的歌，就是来自母亲的另一种拥抱和爱抚，稍一停顿，他立刻哼哼唧唧。继续唱，他就停止了哼唧。他会说话后，如果我反复唱同一首歌，他还会说："换一首吧！换一首吧！"

我唱歌并不好听，虽不跑调，但缺韵味，缺底气，听起来很是粗糙。孩不嫌母丑，这无味的歌声，在蹦蹦耳中，可是世上最好听的声音。因此，当妈的我更加卖力，狂觅海搜，将头脑中所有的歌曲搜刮出来，从儿童歌曲《小老鼠》《两只老虎》《小布娃娃》到《让我们荡起双桨》《编花篮》《信天游》《走在乡间的小路上》《中华民谣》《两只蝴蝶》等，一一给他唱来。唱了一首又一首，唱了一遍又一遍。许多歌词早已模糊不清，情急之下我会胡乱编些词句补上，反正这个小东西也听不出破绽。哪怕我随便哼个曲调，自己填上词，他也认真倾听着，很喜欢的样子。

我曾经用《新年好》《祝你生日快乐》等歌的曲调填过许多歌词。"蹦蹦好呀，蹦蹦好呀，蹦蹦是个好娃娃。妈妈爱他，爸爸爱他，蹦蹦是个好娃娃……"蹦蹦似乎特别喜欢这样的赞美歌——谁不喜欢被夸奖呢？何况是唱着歌夸，简直就是世上最好的"精神按摩"了。此刻蹦蹦全身心地放松，像泡在温泉里，惬意极了。不知什么时候，他轻轻笼上长长的睫毛，睡着了。

我抱着蹦蹦，从我这一侧的床头出发，迈碎步，轻轻摇，一步一步踏着歌声的节拍，有时还要在句尾加个跺脚或转圈的动作，他会更开心，绽出灿烂的微笑。唱完一首或半首，已绕过床尾，绕到窗前，复由窗前绕到另一侧床头，一圈完结。然后扭转身，沿原路线，再绕回出发的地方。这样将精神的蹦蹦"唱睡"，需要十几二十几分钟，有时甚至要大半个小时。每次哄他睡觉，我往往能绕行数十数百圈。我无形的足迹，重重叠叠，印满了房间的每一个角落。

育儿的过程中,有无数这样的琐碎事情,需要重复去做,重复,重复,再重复,无限重复。比如:换尿布,一块,一块,又一块;洗尿布,一块,一块,又一块;及至孩子再大些,陪他看图书,玩玩具,做游戏,全都是做了一次又一次,重复数不清的次数。

同样的故事已经讲过数十遍,但孩子不嫌烦,仍然缠着要再听一遍。我大脑中盛故事的那个筐,已经底朝天,一个故事也倒不出来了。可孩子不管那一套,依旧逼债似的催。安琪儿小时候,是不停地说:"你给俺讲啊,讲啊,讲啊……"渐渐带着哭音。蹦蹦则是不停地说:"换一个!再换一个!再换一个!……"情急之下,我只好瞎编一气:"从前啊,有个孩子,名字叫 biu biu,他是一个活泼可爱的孩子,跟安琪儿(蹦蹦)一样。有一天,他到树林里去找他的好朋友玩,路上……"

安琪儿(蹦蹦)放慢呼吸,瞪大眼睛,盯着我的嘴巴,急于听后面的内容。她(他)一动不动,生怕乱动,会让故事骤然中断。

我的大脑急速运转,满嘴跑火车,跑飞机,跑小精灵,将故事从小树林扯到小河边,又从小河边扯到天空中,出场的人物也不断增加,从主人公到大灰狼,到会唱歌的老树,会跳舞的蓬蓬草。反正,听得小家伙一愣一愣的。

也许,最早的儿童文学创作就是这样的,父母被孩子逼得没办法时,创造力突然爆棚,开始瞎编一气。于是,儿歌出来了,故事出来了,孩子有了一个神奇的故事世界。

其他大部分都是动作的机械重复，如：将积木推倒，再一块块拾起；将孩子丢得满地都是的玩具一个个捡进箱子；将孩子撕碎的纸屑一片片扫进垃圾桶；将孩子弄脏的衣服一次次洗净，晾干，折叠；将孩子弄脏的桌子和地面一次次整理干净……这时，我们像极了工厂的流水线工人，或某种机器，不厌其烦，一次，十次，百次，万次……单调而枯燥。这样的重复，放在工作中，放在生活其他方面，可能都会让人心烦得抓狂。但是，现在，就是在这样的重复中，我的孩子，一天一天在长大。这个小小的生命，一天一天变得丰富繁盛起来。

如同《追风筝的人》中哈森对阿米尔说的这句话，"为你，千千万万遍！"哈森为了阿米尔，可以不顾一切去做任何事，可以去啃泥，去背锅，甚至去死。这是一个生命对另一个生命信仰般的赤诚。

天下父母，都是追风筝的人哪！孩子，为了你，千千万万遍，我们心甘情愿。

自己成为父母，才会理解自己的父母。一个个静夜，蹦蹦在身边酣然入睡，我却睡意全无，头脑清明，许多往事涌上心头，一直回溯到我的幼年，那个遥远的时代，那些古朴简陋的生活场景。

妈妈并不是一个灵巧的人，老实、木讷甚至有些笨拙。爸爸在外地工作，妈妈一个人奉养爷爷奶奶两位高龄老人，还要忙家里和田里的活计。而婚前在娘家，在姥姥和姥爷的特别关爱下，作为一大群孩子中的老大，她竟然只会做些田里的粗活，没怎么做过饭。当年十岁的她,有次突然想在家做一次饭,锅沸了,她吓得紧紧按着锅盖大喊大叫,成为家里流传至今的笑话。这样的她,婚后是怎样学会打理农活和家务的?是怎样在劳碌的夹缝中将我带大的?为了干活,她曾将不到一岁的我用绳子兜兜绕绕,圈在几把椅子的缝隙中。现在,我自己身为母亲,一点一滴亲自尝来,才约略明白她当年的艰辛和心酸。

很多年里,我忽略了父母对我的付出,忽略了他们在我身上的N多次无限重复,甚至发牢骚埋怨过父母偏爱弟弟。直到自己当了母亲,用无数次重复来捧大我的孩子,在生活的夹缝里计较着得失时,我才突然发现自己再现了父母的曾经。

电影《超体》主人公Lucy通过药物带来的超能力,能感知到风、空气、地球的转动,能感知到身体中每个细胞的跳动,感知到记忆中最遥远的地方,感知到幼时母亲在她脸上印下的无数个吻。第一次,她如此清晰如此真实地看到父母之爱,仿佛重回过去目睹爱的现场。她淌着泪,对母亲说出了自己的感激。虽是科幻电影,却给了我们启发:我们,完全可能用另一种"看见"的方式,感知到被我们忽略的爱。如果说带安琪儿的那些年,我付出不够多体会不够深的话,那么现在再为人母,通过带蹦蹦,我终于更加明了亲情。

原来爱,是以这样的方式相续,相认。

安琪儿和蹦蹦的日记

我看着你长大，你看着我变老

蹦蹦三周时，是个小小的"千面人"：睡时是一个模样，抱起来时是另一个模样，玩耍时是一个模样，哭闹时又是另一个模样。比如，大哭时，他满脸涨得又红又黑，嘴巴大张着，真是吓人；半夜醒来时，眯眼、瞪眼，抬头纹成堆，活像一个小老头；心平气和时，则脸儿白里透红，双眼明亮，安静地注视着大人，一副"好孩子""俊娃娃"的模样。

蹦蹦一个月时，开始伸腰、舒展身体，并发出啊、嗯、哼等声音，有时，还会爆发出一声特别响亮的。琪奶笑着学他，说他发出的声音，有时像老牛"哞——"，有时像火车"鸣——"，有时像摩托车"突——"。

蹦蹦两个月时，突然开始喜欢大人竖着抱他。由横抱到竖抱，他的视线更高了，视野更开阔了，那感觉一定很棒吧。他安静地趴在大人的肩头，黑亮的眼睛滴溜溜地打量着这个世界。这么小，他就明白"登高才能望远"了？真是个划时代的变化。

人类登月，蹦蹦登肩。成长，就是这样吧，移步换景，一点一点地发现，一点一点地开拓。

蹦蹦七个月时，模仿能力超强，像面镜子。我伸着舌头逗他，他咯咯地笑。之后，他就经常伸出小舌头。琪奶拿猫头鹰不倒翁逗他，稍一碰触，不倒翁就连续地左右摇晃。蹦蹦立刻左右摇晃脑袋，越摇越开心，有点像敲架子鼓的乐手呢。

蹦蹦十个半月时，有次握着一颗紫葡萄，送到我嘴边。小手尚有些笨拙，艰难地将葡萄往我嘴里塞，终于塞进去了，满意地笑。这是他第一次将吃的东西送人，而且是伸手喂给妈妈。接着，第二颗葡萄又喂过来，然后是第三颗。要知道，他向来是将到手的东西紧紧攥着不撒手的呀！向来都是大人往他嘴里喂东西的呀！我心里涌上一股酸酸涩涩的暖流。

……

蹦蹦成长中的这些细节，大都一瞬而过，不可再现。于是，我将它们记在本子上，两年间已记了三大本。这就是《蹦蹦日记》——他的成长记录。他长大后或许不以为意，但这些文字将是我重温过去时光的一笔宝贵财富。

每个生命成长过程中的精彩瞬间，都值得一记。除了父母，还有谁的见证和记录更真实呢？

十八年前，我就给安琪儿记过日记，只不过，当时坚持得并不好，只有薄薄一本。当她渐渐长大，我无限怀念她的童年时光。那段金色的时光，有她生命初始所有的美好。可是，已经过去了，除了残存在头脑和日记中的片段，其余的，那些同样鲜活、温暖的场景和细节，早已荡然无存。

孩子带来的美好记忆，是父母生命中的无价财宝。中国当代著名学者、作家周国平在他给女儿啾啾所记的日记中说："物质的财宝，丢失了可以挣回，挣不回也没有什么。它们是这样毫无个性，和你本来就没有必然的关系，只不过是换了一个地方存放罢了。可是，你的生命中的珍宝是仅仅属于你的，它们只能存放在你的心灵和记忆中。如果这里没有，别的任何地方也不会有。一旦你把它们丢失，就永远找不回来了。"

生命是不可逆的。所有的经历都是第一次，所有的经历都具有唯一性，不可重回，不可重复，甚至，不可还原。现在，虽然有了照相、录像、录音等科技手段来辅助人们记忆，可是，真正的过去，总是不可追的。尤其是我们这一代，以及我们之前的数代人的童年。

我的幼年时光对我来说是个谜。我依稀知道，那时还是生产队年代，大人都很忙，天天出工挣工分，大队的喇叭从早到晚播放着革命歌曲，昂扬的曲调填满了大人孩子的耳朵，以及村庄的每个角落。大人的日子都在田里，连年迈的爷爷奶奶也都在田里忙。妈妈要下地，即使在哺乳期，也不得清闲，家里有成堆的家务需要做。妈妈是怎样带我的？幼小的我又是什么样子？我懵懂的眼睛，是怎样好奇地环顾那个灰暗单调的低矮土房子的？是怎样透过糊着毛头纸的窗格子询问外面的世界的？……

那时太小了，记忆也都模糊了，我再也追不回自己幼时的样子，只有靠想象来填补空白。

现在，我总算识字，能写，会拍照，也能挤出碎片时间来。

那就多给孩子们留一点幼年的痕迹吧。

20世纪六七十年代的北京,有一位面容清瘦、精神矍铄的老人,每天徒步穿过北海公园,去观察物候:哪天桃花开了,哪天柳絮飞了,哪天布谷鸟叫了,哪天北海的冰开始融化了,哪天有燕子飞来了。每天一早,他就将温度表拿到院子里放好,过段时间再取进屋中记录气温,观察日记伴随了他的一生。他就是中国近代气象学家、地理学家、教育家,中国物候学创始人竺可桢。

我也像竺可桢一样,记起了观察日记。不过,我的观察和记录对象是我的孩子。

这个生命,是怎样啼哭的?想用啼哭来表达什么?他是怎样睁开眼睛打量世界的?他怎样吃奶?怎样睡觉?他着急时什么表现?什么时候开始说话?他的"婴语"都有哪些音符?什么时候发出了"爸爸""妈妈"的音节?从哪天开始他用手舞足蹈来表达感情?是什么让他那么高兴?哪天,他理解了我说的话,露出了会意的微笑?……

我像个专家,在实验室对着研究对象仔细观察,然后书写下一串串文字和符号,甚至勾勒出草图。孩子,就是我永远的研究对象。我将跟踪研究他(她),一直到老。

安琪儿幼时,家里没有手机和数码相机,只能用文字来记录她的成长;蹦蹦出生的时代,有智能手机了,完全可以用图片和视频来记录他成长的点滴。可是,我仍然采用手写方式记录。一笔一画,一个字一个字,码成一个世界,勾勒出孩子的生活全景。这是我人生的大工程。

十八年前,为安琪儿所做的记录,多少有些仓促,三天打鱼两天晒网,没有坚持长久。蹦蹦出生后,我决心一天不落,坚持到蹦蹦自己会记日记。不,他自己记日记,记的是他眼中的世界,与我的记录并不重合。我应该将这日记一直记下去,将安琪儿和蹦蹦一起记。他们,是我一生的研究对象,是我生活中最重要的内容、最美好的寄托,值得我去观察记录一生。

睡后的蹦蹦,更像一个天使。长长的睫毛静止不动,鼻息轻得若有若无,红润的小嘴紧紧绷着,让我总忍不住要亲他一下,然后,屏住呼吸,蹑手蹑脚地将枕头挡在他身体两侧,走到桌前,匆匆书写。

必须匆匆啊,蹦蹦随时会醒。侧耳倾听,扭头看看,原来他只是翻了个身,我背上倒沁出一层汗。于是继续写,正写到高兴处,一声响亮的啼哭打断了我的思路。蹦蹦醒了!又一个"轮回"开始了。

我常将蹦蹦比喻成印度的大梵天。据说,大梵天是创造之神,原就是个婴儿形象,整个世界都是他的梦境,我们就活在他的梦里。他一直沉睡着,但随时都会醒。他一旦醒来,我们的世界立刻就消失了。等他再次睡去,我们的世界就开始了另一场轮回。

不论我是在写日记,看书,玩手机,整理房间,还是洗衣服,蹦蹦都随时会用"醒来"将我的活动打断,哪怕我刚刚跑进洗手间坐在马桶上。他分明就是个"无常",难测他何时到来何时发难。有时，因为累，懒着不去做事，可就那么不大一会儿，蹦蹦醒了，事情也就泡汤了。所以，一旦蹦蹦入睡，我不能喘息，得在第一时间抓紧做事。利利索索地完成了，也就放心了，像暴风雨来临前抢收了庄稼一样，心中终于松了口气。

这样的体验，为我直观诠释了什么是"做即得到"。

安琪儿是初中时才发现我写的《安琪儿日记》的。那个陈旧的小本子，被她取去，反复地读，边读，边微笑。

她从中看到了自己幼时可爱的形象。

安琪儿，知道吗？即使你长大了，变老了，你仍然是妈妈的天使，永远的天使。

现在，我的天使又多了一个蹦蹦。

孩子们，我看着你们一点点长大，自己也在一点点变老；你们看着我一点点变老，同时，你们也在一点点长大。

我跟安琪儿相差二十四岁，跟蹦蹦相差四十二岁。两代人之间，这个年龄的鸿沟，是永不可逾越的。我们被分隔成不同的次第。注定，我比他们更早来到这个世界，又更早离开这个世界；注定，他们那一代人，要在我们这一代人的怀抱中、肩上、背上长大，又挣脱我们，摇摇晃晃地独立行走；注定，他们从我们的世界启航，驶进他们自己的世界，建立起他们自己的生活。

秋风扫过，当我们飘然坠入泥土，而他们正在高空扬着青葱的臂膊起舞，那时，我们欣慰地瞑目，安然地沉睡进永恒。

既生琪，何生蹦

一个家庭，两个"独生子女"

几乎所有要二胎的父母都说，要二胎，是想给大宝找个伴。毕竟，一个孩子太孤单了。在二孩政策全面放开后，网上甚至爆出新闻：四十五岁的婆婆对已经怀孕的儿媳妇说自己想生二胎，怕儿子"太孤单"了。

听起来可笑，但与我们这代或以前的各代人相比，独生子女也确实孤单。我们幼时，计划生育还没有开始，差不多家家户户都至少有两个孩子，兄弟姐妹三四个是常见的。而我们的上一代，家有"七狼八虎""七个葫芦娃""五朵金花""四大金刚"更是常见。偏偏那时候经济困难，物质匮乏，多一张嘴，多一副碗筷，都能让当家的爹娘感到压力剧增。但，生命就像田野里的荆条那么顽强，孩子们从小就在土窝里爬，在田间地头玩，大的带着小的，小的跟着大的。小的身上穿的是经过几度修补的哥姐的旧衣。兄弟姐妹们一个锅里抢饭吃，一起干活，一起游戏，感觉不到"苦"，反而其乐融融。再艰苦，一个个娃也渐渐长大了,像从盐碱滩里艰难冒出的柽柳,最终结结实实长成了一片风景。于是,才有了下一代,有了下下一代。

而独生子女们,与那样的感受无缘。家是他自己的,父母是他自己的,"天上地下,唯我独尊",体会不到兄弟姐妹之间互相陪伴、协同合作的乐趣,也体会不到相敬、相让、关心、竞争、交流等东西。众人环绕簇拥,以他为中心,更是极易形成自私、任性、孤僻、依赖等"独生子女病"。

当初,决心要二胎时,我们也曾想,生了二宝,大宝就多了个伴。后来,才恍然发现:即使生了二宝,大宝仍然没有伴。二宝出生,大宝已经十八岁了,忙于读大学,根本不可能跟二宝做伴。

大宝和二宝,现在都不能称为独生子女了。可是,他们却都是在独生子女环境中长大的。大宝做了独生子女十八年,然后读大学、工作;二宝独自在家长大,依然是"独生子女"——原来,我家先后养育了两个"独生子女"!

好在,有根无形的纽带,将他们连在一起,不论远在天涯,还是相差十八年。朋友之间,尚有忘年之交,何况一母同胞呢。

当初,安琪儿感叹将来会缺席弟弟的成长,现在想来,怎么会缺席呢?纵然不曾互相陪伴童年,但将来,他们两个在彼此的人生中,自有血脉相牵,相伴。

但是,蹦蹦的到来,的确打破了原先"三人世界"的格局。为此,我曾和琪爸达成共识:不能因为二宝的到来而让大宝受一点委屈。

这一点，我自己就曾有过深刻的感受。我跟弟弟相差两岁半，从有记忆时起，家中有一点好吃的东西，就留给弟弟。好吃的都是弟弟的。弟弟捣乱，挨训的肯定是我。弟弟永远都是正确的，有错也会被特赦。他耍脾气打我欺负我，大人也总说我没长眼，我该让着他。偏偏那时，我不懂事，爱较真，一心认定大人"重男轻女"，耿耿于怀，常于角落里洒下几行泪水，并倾吐于日记中。

后来，年龄渐长，对幼时的事情早已释然。尤其是自己做了母亲之后，更理解了父母。他们没什么家庭教育的意识，也不知道怎么教育孩子，但是，他们已经在力所能及的范围内，给了我他们所能给我的最好的。

现在，我自己做了两个孩子的母亲，决心处理好两个孩子的事，一定不能厚此薄彼，给孩子尚未成熟的心灵造成伤害。

于是，带蹦蹦的同时关心安琪儿，跟二孩时代之前一样，并努力做到更好。我怀着蹦蹦时，还多次挺着大肚子与琪爸轮流去学校给安琪儿送饭；挺着大肚子，到市场买安琪儿喜欢吃的水果；挺着大肚子，陪安琪儿去影院看电影；挺着大肚子，陪安琪儿去商场买零食买衣服。

也不忘关注安琪儿的情绪，哪怕一点点的风吹草动都不放过。

怀孕五六个月时，胎动活跃。我编了儿歌，边抚摸着肚子边轻声唱：

蹦蹦乖，蹦蹦乖，蹦蹦就是乖。

蹦蹦是个乖宝宝，

好宝宝，

好娃娃，

乖娃娃，

他在这里找妈妈。

……

跟肚里的蹦蹦说话、逗笑，这是我自创的胎教方法。不料，正说着，安琪儿的声音从门缝里传进来：

"我就不乖吗？嗯?!"

蹦蹦出生后，我们更是加倍注意。

夸蹦蹦时，只要安琪儿在侧，一定要说："瞧，简直跟姐姐小时候一样乖!"或者，教导蹦蹦说："你姐姐小时候多乖呀，你要向姐姐学习哦!"

给蹦蹦买东西，一定要同时给安琪儿买点东西。两个孩子，不偏不倚，一人一份。甚至，给安琪儿买的更多。毕竟，蹦蹦现在还无欲无求呢。

安琪儿在家，就尽量让她参与照看弟弟。只有亲自参与，她才会知道带娃的不易，才会意识到自己的责任，才不会将同胞弟弟当成"陌生人"甚至是"敌人"。

刚准备要二胎时，安琪儿就非常支持我们，弟弟出生后，安琪儿每次回家，放下书包先来看弟弟，仍是不太敢碰的样子，只敢用她的大手轻轻握住弟弟的小手，注视着弟弟的小脸。

"瞧这小样儿，一准是个淘气包！看他哭断肠的样子，好恐怖！妈，好同情你，你好自为知吧，我走了！"

每次看见弟弟，她总喜欢调侃。

高考前她赴省城培训了几天，回来时，她笑眯眯地回身在书包里掏啊掏，猛然掏出一只彩色的毛绒大公鸡来，举着在弟弟面前晃来晃去，咯咯咯地学鸡叫。那是她用不多的一点零花钱买的，是蹦蹦收到的第一份礼物。

看着她跟弟弟相处的样子，我们的心总算是放下了。

但是，她仍会偶尔撒娇：

"妈，为什么我小时候没有这么多玩具？"

"为什么我小时候没有这么多图画书？"

"妈，我小时候吃奶吃到多大？才一岁？！为什么我弟弟两岁了还在吃？"

"妈，我要吃我弟弟的旺仔小馒头，还有米饼……"

……

她终究还是个孩子。

安琪儿上大学后，就更忙了。她喜欢用微信跟我交流，每次都要问弟弟好不好，提醒我给她传弟弟最新的照片和视频。经常会收到她转发过来的网文（来自知乎或别的网站）：

《要求孩子做到的，父母做到了吗？》

《你见过父母有哪些强盗逻辑》

《5岁女儿问：为什么小孩要听大人的话，而大人却不听小孩的话?》

……

我们知道她的深意。确实，在培养她的过程中，我们犯了很多错，走了很多弯路。代她包办了很多，也剥夺了她很多。作为父母的我们，有很多不合适的言行。她希望我们能吸取经验教训，好好反省自身，以便能更好地尊重她的弟弟，陪伴她的弟弟，给她的弟弟更好的教养。

她希望我们给弟弟的，正是她一直渴求得到的。

安琪儿很少给我们打电话，这似乎是现在大学生的"通病"。用她的话来说就是"没有急事，打电话做什么?"

有天晚上，蹦蹦刚睡，我也正迷糊，安琪儿突然打电话过来。

"什么事?"看着墙上的钟表，23:05了。我有些紧张。

"妈，以后别给我弟弟玩笔和筷子那种长的东西，太危险了，网上说有好几个出事的了，捅着眼睛或身体……"

朦胧中，她因为焦急而过快的声音冲击着我的耳膜。

那段时间，蹦蹦特别喜欢玩笔，拿着铅笔、中性笔到处乱画，这天晚上，我刚给安琪儿传去了一段视频。

我们的这个大"独生女"，就这样与我们一起守护着这个小"独生子"。虽地处遥远，却不曾缺席。

如此，真好！

二胎时代的焦虑

房子、上学、就业及其他

孕育，是很自然的一种现象。天上飞的，水里游的，地上跑的，地下挖洞的，所有的动物，为了种族的延续，都要进行孕育。孕育，简直就像四时更替一样自然而然。不需要多少成本，不需要多少准备，这是造物主赋予的权利和本能，机缘到了，一切就水到渠成了。

只有人类的孕育，多了许多身外之物的计较，多了许多压力与负担。总之，多了许多麻烦。

要二胎时，就有朋友对我说："你得考虑将来孩子就业的问题呀！"当时很不以为然——提前去考虑二十多年后孩子就业的问题？二十年，社会将有哪些变化？未来将是什么样子？难测呀。回顾一下过去的二十年就会知道。再说，将来孩子的就业，或者现在大宝的就业，是我们能够规划和安排的吗？

未雨绸缪，也太早了点吧。

哪怕，二十年后难就业；哪怕，二十年后有战争；哪怕二十年后有经济危机，有饥馑灾难，我也不能剥夺一个生命现在出生的权利呀！

谁能许诺一定能给孩子一个完全平安顺利、无忧无虑的人生呢？

先出生吧。出生了，才会有无限可能。虽然可能有风雨，可是，注定也有太阳和彩虹。不是吗，蹦蹦？

但确实，一些貌似压力的东西，已经环伺周围了。

第一次做孕检时，想不到人那么多，队伍排成长龙，孕妇和陪同前来的老公、婆婆、妈妈等家属挤满了楼道，一个个大肚子就在这人群里提心吊胆地拥挤。幸好琪爸长得壮，在人群中小心地闪转腾挪，既保护着我，又要小心不碰着别的大肚子，简直就像提着鸡蛋赶集，那个紧张哟！好不容易找到一处刚倒出来的空座，安置我坐好，他去排队，排到了，才把我叫过去。

人群中多是这样的议论：

"刚放开二孩，随后几年都是人口出生的高峰，这批孩子可太多了！将来，这批孩子上学、工作，得千万人挤独木桥呢。"

"现在女孩更加少，男孩更加多了，全国性别比例严重失调，男的比女的多几千万呢。将来，男孩子们得活得很拼才行啊！"

"那可不是？！唉，现在就得使劲给孩子攒钱哪，将来这一代比咱们还累呢！"

……

一场孕检不过五到十分钟，各种排队竟然忙了一上午。后来我们才知道，可以通过网上预约挂号，可即使预约了，仍需要早过来排队呀。于是以后每次产检，我们都早早出门，到医院后，先找个清静的地方让我坐等，然后琪爸去产科门外冲锋陷阵。

一直是在位于我老家镇中心的这所市级医院做产检，因为对这所医院熟悉和放心，还因为第一次生育时县城某医院给我留下了心理阴影。更重要的是，周边的其他两家医院床位都很少，放开二孩后，产科人满为患。据说，生育时一床难求，很多孕妇产后甚至被安排到楼道中的临时床位。

蹦蹦总算出生了，紧接着是每隔两周去社区卫生服务中心打预防针。在服务中心的门厅内，话语嘈杂声和孩子的哭声混成了蔚为壮观的场景，引得一些做小生意的商贩也来凑热闹，在门内门外兜售着气球、毛绒玩具等。

我和琪奶照看蹦蹦，琪爸去排队、领表、填表。队伍缓缓地往前移动，明明看起来不甚复杂的程序，却需要一等再等。那时的我，同琪奶一样乏力，不时离开队伍，抱着蹦蹦一屁股坐到旁边的椅子上。

真的是千军万马挤独木桥呢。难道蹦蹦长大后，上学、工作、买房等，每一个大大小小的节点，都要重复这样的拥挤吗？那样，我真为将他生在这样的时代感到过意不去了。

可是，转念一想：我们这个世界，我和上一代人，何尝不拥挤？人类渺小忙碌如蝼蚁，为了身上衣裳口中食，人类何曾清闲过？

蹦蹦一岁多的时候，同龄孩子的妈妈们已经在考察幼儿园，有的甚至已经去幼儿园注册留下报名意向或信息了。

三岁入园啊，这不是还早吗？我的质疑引来一阵笑：不早了呀，人家刚出生半年的，也早去报名了，听说明年、后年的班已经报满了。

我大惊，连忙往小区旁的幼儿园跑。那是一家全国连锁的私立幼儿园，听说办园质量还可以。那所幼儿园往年只招收两个小班，但蹦蹦入学的那个年份（2020年），已经报足了六个班的幼儿人数。园所的师资力量告紧，不得不招了许多新老师。

小区里新开了婴童生活馆，售卖婴幼儿服装、食品、玩具，兼提供给婴幼儿洗澡、游泳、按摩抚触等服务。当然，价格也都比较高。现在，这样的店，包括早教、儿童游乐等，雨后春笋般不断冒出来，遍及商场超市、大街小巷乃至小区内部。催生它们的，就是二孩政策的全面实施。

二孩时代，新出生的这些孩子要吃、穿、玩、上学、参加课程辅导、学特长……这是一个多么大的市场。很多人都从中发现了商机。

一天，听见别人谈论房价，才吃惊地发现：县城的房价已经飙升到均价每平方米8500元！也就是说，想买一套一百多平方米的房子，需要一百多万！而我每月的工资，连一平都买不起。

心里沉重起来。

以前，因为我们不想再买房，总觉房价与己无关，懒得去打听新开了哪些楼盘,以及房价的涨幅。现在所住的房子136平,三室两厅两卫,在二楼,有车库和储藏室,且小区临河临湖,环境优美,我们是满意的,十五年贷期的房贷也快还清了。

我们并不迷恋大房豪车,因为对生活没有太多欲求。房子小点,但便于收拾,住着舒服;车虽普通,但性能良好,能正常使用。安于度过的,是平淡的寻常日子。

但蹦蹦出生后,就明显感觉到住房拥挤:三个卧室,三代五口人住,我们一个,琪奶一个,安琪儿一个。主卧卫生间改造成了小书房,仅能容一桌一椅而已。现在有了蹦蹦,他迟早要长大,迟早要跟我们分开睡,要有他自己的房间,怎么办?

不得不感叹当初房子买小了。计划生育时代,三口之家成为主要的家庭模式,那时楼盘多是这样的三居室。——谁能想到会放开二孩呢?谁能想到我们家会再多一口人呢?

很多"二胎党"们都顶着巨大的经济压力买了二套房,我们似乎也该行动了。

现在,养一个娃需要多少钱?人们戏言"养个孩子会消灭一个百万富翁"。据说,二孩政策全面放开后,山东省被称为"最敢生"省份。根据2018年山东人才网以山东城镇家庭为例发布的调查数据,在不考虑通货膨胀及购买学区房的情况下,根据孩子成长年龄段的平均消费水平来计算,山东的父母抚养孩子的月平均花费(不算住房)是2923元,加上父母每人月平均消费约1923元,抚养一个孩子的月基本成本是父母花费(1923×2)+抚养孩子花费(2923元)=6769元,养两个孩子的月基本成本是父母花费（1923×2）+抚养孩子花费（2923元×2）=9692元，而2018年山东省平均薪酬是5291元。而同时期，社会学家粗略估算，中国父母抚养一个健康孩子到十八岁，所需费用（不算住房）至少要49万以上。据说，在北上广深等大都市，算上高昂的特长班等费用，养育孩子的成本要以数百万的天价来计算。

较高的成本让很多想要二胎的父母望而生畏，也让生了二胎的父母压力倍增。

每个月两人工资减去房贷，减去大宝生活费，减去养二宝的费用，减去全家老小的生活花销，就捉襟见肘了。

有段时间，因为时常讨论这些问题，我们都上火了。嘴角长燎泡口腔溃疡之类的，心中也十分焦虑。

我跟琪爸的观点较为一致：如果能给孩子创造更好的条件，我们当然乐意。但是，如果不能呢？那就让孩子穿普通衣服，不一定非得名牌；让孩子用普通玩具，不一定非得名牌；如果能在田野里找到快乐，不一定非得去迪士尼；如果能吃烤地瓜，不一定非得吃肯德基和麦当劳。现有的房子，总面积并不算小，如果加以装修改造，能盛得开一家五口，那么，不一定非得再去承受新的巨大的房贷压力。多么没出息的两个人哪！

很难说富足和贫乏，哪些给予一个人的更多、更好。温室中，苗圃中，马路边，田野里，山岩间，沙滩上，哪里都能长出植物，各有各的风姿，各有各的蓬勃。

……

面对现实，我们就这样成了哲学家，一边暗自鼓着劲要努力改善生活,一边用这些说辞来安慰自己。

不能在物质上给孩子更好的,那么,就在力所能及的方面给孩子更好的。就这样,让孩子各随机缘吧。

让生活回归生活

21世纪最大的灾难，不是流星撞击地球，
而是工作侵占生活

四十岁之前，我不曾思考过工作和生活的关系问题，一直将工作当作生活。可是，生活本身是什么，答案竟然是模糊的。

直到近年，才想明白了些：工作就是工作，生活就是生活，它们是不能混淆的。

分不清两者，也分不清两者的界限，实在是我过去半生的悲哀。

从1994年到2005年，十年半的时间，我全身心扑在小学教师岗位上。那时，乡村学校正处于应试教育白热化的阶段，社会向学校要高分，学校向教师要高分，教师向学生要高分。分数，是衡量一所学校优劣的标准，也是衡量一个教师优劣的尺子。当时校领导的观点就是：人勤地不懒，只要花上足够的时间，不给学生玩和喘息的机会，学生一定能得高分！于是，学校和教师们恨不得让学生一天二十四小时都用来学习。

那时,老师加班加点给学生加课的行为,是学校提倡,甚至是学校安排的。学校对外公开的作息时间是上午 8:00 开始上课,实际上早上 7:00,甚至 6:30 就开始上课了。再压缩一下课间操,下午放学后再增加一到两节,这样,每天能上到十到十二节课。期末考试前的一两个月,星期天自动取消,全部用来上课。平时的音、体、美等课,也只是课程表中的摆设,全被语文、数学等所谓的主科瓜分。

那样的情况下,加班加点最多的老师会受到赞赏;为给学生上课而主动放弃婚假的老师,会被大力表扬;带病坚持上课,放弃给生病的父母陪床,放弃陪生病的孩子打针,而去学校坚持加班的老师,常常被表彰为模范和典型。很多老师在演讲自己事迹时讲到这些,常当场哽咽难言,甚至哭倒在演讲席上。

我是个极遵守规矩的人,当然也成为这股潮流中一朵积极的浪花。

每个傍晚,学校早已放学,我仍留在办公室辅导学生(那些被辅导的学生被称为"差生",就是他们,拖了班级的后腿);每个星期天(那时过单休),仍到学校辅导差生,或者给学生排节目,或者组织某个竞赛的训练;晚上,则经常将备课本、学生试卷带回家去,将家务一推,继续办公。

那十年半的时间,是我人生中最青葱最美好的岁月。确实,奋斗了,付出了,将自己完全给了工作,却不知工作只是人生的一部分,不是全部。

后来，调到镇上工作，既是乡镇机关干部，又是通讯员，既要跟活动、采访、写稿子、编报纸、接待媒体记者，又要进村入户做各种工作。乡镇基层长年没有休息，虽然那时全国已实行双休，但我们镇的口号是"星期六保证不休息，星期天休息不保证"，还有"五加二，白加黑，再加夜总会（夜里总开会）"。所以，每个周末，不需多问，只要没接到休息的通知，正常上班即可。加班是常态，休息是意外。

乡镇工作原本就忙，而我们镇又是"明星乡镇"，活动多，接待任务重，标准要求高，于是机关干部长年不休。不仅没有加班费，而且如果你周末因私事请假，还要扣工资，一天三十元。那时人均工资一个月不过两千元左右。

某次，领导带队外出参观，看过全国先进地区的经济发展态势后很受鼓舞，回来在迎新座谈会上说："我们跟先进地区相比差距太大了！要是再按部就班，不急不火，怎么赶得上？以后要加劲提档，豁上、拼上、靠上，夜以继日，以一天当十天地去干，以拼命三郎的劲头去干……"这时，一位新进单位的"小鲜肉"稚气地问："我们现在已经这样子了，要是再提档，得是什么样的干法呀？"

一部小说中提到一位基层领导干部的工作状态，用他自己的话说就是"每天看到的妻子永远是穿着内裤的"。这话听起来粗，实际上很形象地反映了乡镇机关干部的工作状态：跟亲人经常两头不见面，连句话也说不上，家只是他们睡觉的场所，整个人已全部献给工作。

可这些"豁、拼、靠"中有多少是真正利于国计民生有意义的呢?

身在其中的我,像一枚树叶被卷进了急流,身不由己。劳累,忙碌,心力交瘁,却无能为力,只能随波逐流。

有人说:21世纪最大的灾难,不是流星撞击地球,而是工作侵占生活。

这样的灾难不同程度地蔓延到各个行业、各个领域。

那些年里,我几乎将生活全部遗忘了。很少陪同家人一起吃饭;从不陪家人外出散步;父母近在咫尺,却很少去看望;缺席大宝的童年,忽略了她的成长;那个盛装我和我的亲人的家,我很少去清扫打理它;在我最爱的家人最需要我的时候,我用"忙"来打发他们。当然,他们对我特别理解,也习惯了用我的"忙"来替我开脱。

我成了一个抛弃生活的人,或者,被生活抛弃的人。

奇怪的是,那时,愚痴的我,竟然以为那就是"充实""奋斗""有价值"的人生。

学校和乡镇政府一样,都被一种东西驱赶着往前跑。学校领导和教师夜以继日,为的是考试成绩超过其他学校,成为先进;乡镇政府领导和干部夜以继日,为的是GDP超过其他乡镇,成为先进。当第一、当先进,成了人们唯一的目标。

驱动这一切的,不就是功利心吗?

可是,有谁记得初心?学校,不应该是教书育人的吗?政府,不应该是服务群众的吗?

那些唯数字、唯名次的功利追逐，已经跟初心相去甚远了。

好在近些年，事情有回归本原的趋向了。

现在，回顾当初，越想越觉得荒诞：一个人，不是应该先做人，然后再做事的吗？赡养老人、抚育孩子、夫妻互相扶持，不是一个人最起码的义务吗？如果连自己生病的孩子、病危的父母都不管，那么，他会真的"爱生如子"吗？会真的"心系百姓"吗？曾经有篇报道一个劳模的材料，说这个劳模在母亲病危时，仍坚守在工作岗位不回家，母亲最后抱憾离去，死不瞑目。当时觉得感人，觉得伟大，后来疑惑：他并非在什么关键部门工作，只是普通的岗位，那么，到底是什么十万火急的工作，让他不能去见母亲最后一面？世间有什么会大过父母亲情，大过生死吗？即使单位有紧急事情，难道真的离了他就不行吗？

还是回归本原吧——做事先做人，先做个合格的家人，负起自己的家庭责任，然后负起社会责任。家本就是社会的一部分。学校，该办好教育，育社会有用人才；老师，该教好学生，让学生全面发展；政府，该服务群众，而不是搞花样文章；干部，该恪尽职守，做实事，办实务，不应该陷入"假大空"中耗费时间精力。

难得梦醒，难得回归。

当有一天，我终于意识到过去对生活、对工作的误读时，我二十多岁、三十多岁的好日子早已被急流般流逝的时间带走了。剩下的，是我的悔，和我残余的生命。

后来琪爸的单位并入县城，我们全家也搬到县城来了。大宝中考后也马上要到县城读高中了,我将独自在乡镇奔忙。就在这时,一个进城的机会来了:县城一个部门需要个干活的人。但是,因为岗位原因,我的收入会降低不少。

没有犹豫,我选择了进城,做了乡镇工作的逃兵。我想回归生活,想补偿家庭。在县城这个部门,能正常双休。对我来说,这,足够了。

有失有得。至今,虽然仍领着微薄的薪水,工作,也并没有那么清闲,但总归改善了很多,心里是欣慰的。失之也多,得之也巨。很多东西,是不能用钱来衡量的。

当然,后来,也终于明白,我的忙累劳碌,自己负有最大责任。

2015年的最后一夜,我为2016年做了计划:

今后,要明明白白地生活,时刻知道自己在做什么。

如果有缘,就努力接引二宝到世界上来,并陪伴他成长,同时继续陪伴大宝成长。

如果无缘二宝,就好好生活,好好做事,陪伴大宝成长。

要不要二宝,看机缘。不论要与不要,我们都要学会爱自己,活得明明白白。

后来,蹦蹦出生了。我也终于将生活还给生活,将自己还给自己。

这个世界上的太多东西,我分析来分析去,看不到它们的实质,只觉出虚无与荒诞,毫无意义。但,眼前这个小生命,是如此的真实,是人间所有真、善、美的结合体,带我重回天堂,也让我重新爱上人间。

寻常的错过

错过彼处， 圆满此处， 唯你不容错过

  周末，两个选择摆在面前：一是在家带娃，二是去参加文学采风活动。

  自从蹦蹦出生后，忙于带娃，久已不写，所以，再不曾参加过文学活动。现在蹦蹦渐大些，彼方，有文友召唤，此方，有内心呼唤，于是，蠢蠢欲动，想重拾纸笔，像多年前那样书写生活。带二宝固然是生活中的要事，但生命枝头仍有梦想未曾凋落，生活的另一端仍有诗和远方。

  特别是，这次活动时间一天，室内有自己喜欢的作家朋友做报告，室外有踏青活动，先到公园赏梅花，后去文化遗迹采风。看见活动安排时，已然嗅见梅花清香，心早就按捺不住了。

  于是，犹豫再三，终于决定去参加活动，并征得了琪爸的支持。琪爸同意放下其他事在家带娃，让我去"风花雪月"一番。我备感欣慰的同时，心生感激。

  但终究，因为家事繁多，突生变故，几次推迟出门，最终未能成行。先是错过了报告会，没能听作家朋友回顾她的风雨文学路；接着错过了看梅花的时间；最后，所有美好的计划如崩塌的山崖般，全线塌落。我错过了全部。

这是春天里风和日丽的一天，是个轻松无忧的周末。这一天里，平行世界的两拨人，正各忙各的——

那个世界里，文友们因为共同的爱好齐聚一堂，听着报告，在文学的殿堂里尽情遨游，广袖长舒；在疏影横斜的梅影中流连、陶醉；在那古台之上、古河道边抒发着思古之幽叹。一首首新诗，一篇篇文字，已悄然成形，甚至呼之欲出了。

而这个世界里，我正弯腰跟在两岁多的蹦蹦身后，喂饭、喂水、做游戏、讲故事、捉迷藏，软硬兼施、死缠烂打。尿湿的裤子未来得及清洗，玩具丢得满床满地，还有种种并非玩具的物品：瓶子、图书、毛巾、鞋子、抽纸、枕巾、帽子、杯子……都以奇怪的姿势，躺在它们不该出现的地方。

叹口气，终于明白自己何其天真：那些"风花雪月"的文学活动，以及远走他方的旅行，对我来说，真的成了奢求。生二宝这件事，注定使我错过很多：另一种生活，另一种世界，另一些精彩。

好在，娃也是一个世界呢。你看，小蹦蹦跑过来，小手牵着我的手，说："妈妈快过来，过来陪蹦蹦玩拼图……"中国地图的拼图，尽管他已拼过无数遍，即使看每一块拼图的反面，都能一口说出是山东还是山西，云南还是吉林，但他仍然需要我这个伙伴。我们一个递一个拼，一个问一个答，配合得天衣无缝。

"这是山东，山东是我们的家乡，蹦蹦和妈妈都是山东人……"他的小手指按着靠近东海和渤海的那只"飞鸟",认真地说着我很久前告诉他的话。

"这是新疆,那儿很美,蹦蹦将来要去那儿旅游,要给妈妈带葡萄和哈密瓜回来;这是黑龙江,那儿很冷,蹦蹦长大了要去黑龙江,带着妈妈,跟妈妈堆个大——大的雪人……"

他稚气又认真的话语,让我心花怒放。于是,不时奖给他一个个拥抱和亲吻。

下午,全家人去广场。广场上空飘满了风筝,那在天上飞行的各色风筝,远远近近,高高低低,牵着地上的人,也牵着蹦蹦的眼睛。蹦蹦突然跺跺脚,突然哈哈笑,突然回身拉拽我,抱着我的腿仰起笑脸,似乎不知道该怎样表达他的心情。他那颗小小的心灵,也随着风筝高高地飞到天上了。

广场上的游乐场里欢声笑语不断,他一次又一次地坐滑梯,一次次推开我们,不让我们抱,自己小心翼翼地沿阶梯走上去,坐下就往下溜,从一次次"惊险"下滑的失重感中,找到了乐趣。

然后,他牵着我的手,爬上木桥,一步一步,倾听着脚踩在木制桥面上的声音。听一次可不够,他走到头,再返回,反反复复十几趟,入迷地听。在他的引领下,我第一次认真倾听鞋底敲击在木板上的声音。嗒嗒嗒……那样耐听,是木头的温暖与亲和。原来,他这么小,就懂得欣赏。而在石头、水泥或铁制的桥面上,他却不曾这样动心。

累了,他回头伸出两只胳膊说:"妈妈抱……"又像记起什么,倏然转身扑向他的爸爸说,"爸爸抱……妈妈力气小……妈妈累……爸爸力气大……"

太阳落到了树梢上。我告诉他:"太阳要回家了,天黑了,小鸟都回家了,我们也该回家了。"他凝望着车窗外说:"咦,天果然黑了哩……"不知何时学会的"果然"这个词,很自然就用上了。

"蹦蹦,今天怎么样?"

"开心!"他绽开明亮的笑,露出一嘴小白牙。又使劲一跳,扑到我怀里紧紧抱着我,大声说:"今天真开心哪!"

开心的一天就这样落幕了。

平时,我上班或加班,他是不高兴的。每次离家前,他都会哭咧咧地说:"妈妈上班,不陪蹦蹦玩,妈妈不要蹦蹦了……"但现在,他开心,我也高兴。

这一天真好。幸好,没有错过陪伴他。

错过了那个世界,圆满了这个世界;成就了那个世界,缺席了这个世界。看来,人生,总要错过点什么。

亲亲他饱满的小脸,想想这个美妙的世界,觉得虽然错过了其他,但也没什么好遗憾的了。

永远的保姆

伟大的中国父母

一个夏天的凌晨,杭州钱塘江畔的一户高层住宅卷入了烈火浓烟中,三百平方米的家毁于一旦。更让人痛心的是,女主人和三个子女因一氧化碳中毒,全部葬身火海。而这场灾难的肇事者,是一个沉迷赌博的无良保姆。

无法想象家破人亡的男主人如何承受这样的悲痛,又如何在这样的悲痛中走完余生。人们谴责纵火保姆的同时,开始质疑保姆行业。

确实,我国的家政保姆行业管理尚不健全,出现了许多乱象,媒体爆出的"问题保姆"屡见不鲜:保姆毒杀老人谋夺钱财、保姆虐待孩子和老人……

琪奶每听到这样的新闻,就像算命先生的预言得到证实一样得意地说:"你们瞧,我说的没错吧?!保姆能找吗?外人就是不行,人心隔肚皮呀,咱哪能放心呢?!"

外人(保姆)帮忙带孩子,是出于工作的契约和责任,而自家人带孩子,则完全是出于无私的爱。这点,我承认。

于是,琪奶就成了我家的"保姆"。这个保姆现在七十多岁了,仍没有退休。

琪奶最爱的人是琪爸。琪奶对安琪儿的爱,对蹦蹦的爱,以及对我这个与之本来毫无关系的女人的包容,无不衍生于此。他们的母子之情让人感动,我甚至希望我跟蹦蹦之间,也能复制这样的母子之情。

那个艰难困苦的遥远年代缺吃少穿,琪爷无奈去了东北谋生,琪奶一个人在家带琪爸和琪姑。黑屋土墙,两个嗷嗷待哺的孩子,一堆干不完的活计。而琪奶,那么瘦小的个子,没有文化,靠勤快,能吃苦,硬是将两个娃拉扯大了。这说明琪奶坚强、能干,也是有些生活智慧的。

琪爸直到结婚前,衣服仍由琪奶代他洗。琪爸对父母孝敬,每天上班、出门,"早请示、晚汇报",父母不喜欢的事情,他坚决不做。婚后,生活并没有多少改变,只是家中多了一个我,为他洗衣的人也换成了我。家中事情,大如"买房""买车",小如"出去吃饭""到亲友家串门"之类,他都要先请示。琪奶不高兴的事情,他不会做;如果必须要做,比如要陪我去趟商场,他就撒个谎偷偷带我去,不让琪奶知道。平时,他还不时向琪奶撒撒娇。

种种表现,使琪爸看起来像个不折不扣的"妈宝男"。但,真正了解了琪爸就知道,他有时并非真的喜欢如此,仅仅是为了让父母开心而已。

琪奶心灵手巧，针线活好，缝纫机蹬得飞转，两只手麻利地跟着缝纫机的节奏，大人孩子穿的衣服，源源不断地从她手底淌出来。在那个时代，因为家中有这样一个女主人，大人孩子都有的穿，即使衣服有补丁，也柔软舒服，干净平整，穿出去绝不丢人。

我自幼一门心思上学读书，对家务不甚关心，生活上一直是粗线条，手拙到拈不得针线。与琪奶在一起，深得其利。家里人不论谁的衣服掉了扣子、挣了缝子，新买的衣服略肥或略瘦，或者我的包断了带子，坏了里衬，家中的沙发罩磨破了，全凭她的一双巧手来解决。任买来的衣服多么时尚，做工多么复杂，她仔细打量后，都能找到解决方案，破开针脚，拆开布料，重新加工，做到改旧如新，看不出任何改造痕迹。我每每赞叹不已，常想起《红楼梦》中晴雯补雀金裘的桥段。

安琪儿出生后，所有的棉衣单衣，都是琪奶一手包办。琪奶总嫌买来的衣服"料子不好"，填充的棉花"不实着"，就自己买了最好的棉绒、最可心的棉布，亲自给安琪儿做最舒服的衣服。款式虽然不如买的衣服新颖，却舒适耐穿。给安琪儿外面罩上买的新式样外套，蘸上水将安琪儿的头发梳得油光，抱出去，人们都夸安琪儿"十二分人才"。琪奶听了乐得合不拢嘴，连谦虚一句的话都不说。当然，这"十二分人才"的夸赞琪奶功不可没。

琪奶并不赞成我给孩子买衣服，说花钱多不说，还不如手工的好穿。但是，蹦蹦出生后，她再也没有精力给孙子做衣服了，只好任由我给蹦蹦买衣服。但买回来，她也要精心选择，不满意的坚决不给蹦蹦穿。

"70后"的同龄人中,像我们一样长期跟老人在一起生活的,已经是极少数了。大部分家庭,即使感情再融洽,也多与老人分居。

跟老人住在一起,固然有很多好处:老人帮忙带孩子,帮忙做家务,可谓全职保姆,为我们节省了不少时间。可也有不好的地方。两代人同住一个屋檐下,思想、文化、生活观念、生活方式有差距,同一个锅里摸勺子,难免有磕磕碰碰。

跟琪奶住在一起的二十年,我曾经感觉很压抑。比如,她不高兴你看书,不高兴你看电脑,不高兴你晚睡,不高兴你买新衣服,对看不惯的事情横加指责。作为晚辈,我常常感到自己跟她之间没有了界限,没有了距离,种种不适。

其实,不仅是婆媳关系,中国式传统家庭的关系大都如此:上一代人跟下一代人紧紧捆绑在一起,掺合在一起,你中有我,我中有你,固然亲密,却没有给彼此(尤其是下一代)留出成长的空间、尊重的距离。

我想过反抗,想过逃离。但最终,随着时光流逝,琪奶渐渐走向羸弱,我也选择了接受。哦,不,不是我选择,是我只能接受。

但,我努力在这个家中,为自己保留了一个空间,就是那个由主卧室卫生间改成的小书房。有门,有窗,有桌,有椅,有书架,有电脑和书。在这只有四五平方米的小天地里,我是自由的。

某一天，当我从馒头中发现一根细丝时，呆住了。

馒头是琪奶蒸的。街上到处都有卖馒头的，本可以不必自己蒸馒头。但琪奶愿意自己蒸，因为琪爸喜欢吃她蒸的馒头。她说，自家蒸的馒头吃起来放心。

我带孩子，琪奶在厨房费力地揉面，不时停下来，用一只手捶着后腰，再歇一会儿，继续揉。我要过去替她，却被她赶走。唉，这是何苦呢？

那根细丝，是银白色的，是她的一根头发。

这根头发提示：她已经七十二岁了。

心里有一点酸。

琪爸爱吃水饺，琪奶有空就和面、剁菜、调馅，给琪爸包饺子。家里，饺子差不多快要成为主食了。每次，看到琪爸像头小猪一样呼噜噜吃得满脸是汗，琪奶总会望着他，满意地笑。

我是个不善针织也不善家务的人，包的饺子实在一般，琪爸是瞧不上眼的。偶尔想到：再过若干年，琪奶千古之后，谁给琪爸包饺子呢？谁给琪爸挑灯补衣呢？这个男人，想起他的母亲，该是怎样的心情？

想着他们母子之间一辈子的情意与纠葛，我自己先心酸了。

读大学的安琪儿回来过寒假。琪奶一边追着喂二宝，一边喊大宝快起床，还不时喊腰疼。

看来，不为孩子们鞠躬尽瘁，她是不肯罢休的；不将两个孩子全部惯坏，她也是不肯罢休的。

孩子，就是她的全部，就是她的信仰吧。

满头白发的琪奶，在一句一句地教蹦蹦唱吕剧《李二嫂改嫁》选段《张大娘我淘完了米》：

张大娘我淘完了米，
忙把那饭来办哪，
想一想又是忙来又是喜欢，
粮满囤柴满院样样都有，
就少个儿媳妇在我眼前。
能娶个好媳妇把日子过，
吃不愁穿不愁咱舒舒坦坦。
再生上个小孙孙又白又胖，
他两口去下地，
我把那孙孙看哪啊，
我这里越思想我越高兴……

这段独白，就是一个农村老太太对美好生活的全部期盼。衣食丰足、儿孙满堂、家庭和睦，除此，还有什么奢求呢？

琪奶，是典型的中国父母。中国的父母都太好了，一切为了孩子，为了孩子的一切，生孩子，养孩子，供上学，给买房，娶媳妇，再给孩子照看孩子，将自己捆绑在孩子身上——孩子就是自己的一切，孩子就是自己的事业，孩子就是自己的全部希望所在。如同信徒对待自己的信仰,如同老仆对待一个小皇帝,尽其一生小心翼翼地托举,用他的苗壮代替自己的开放。

中国父母的无私,或可称之为"伟大",该是外国父母不能比,也觉得不可思议的。

他们给子孙的不尽的"好",真让人感动,也是孩子们成长的动力之一。可是,当一切做得太"过"之时,就容易侵犯孩子成长的空间,剥夺孩子的成长机会,培养出"巨婴"。中国,可能是"巨婴"最多的国家。

"巨婴"的父母们,一生受尽辛劳,从不曾真正为自己活过,所以,只能以孩子的生活为自己的生活。

我知道,爱对一个人的一生意味着什么,也知道溺爱对一个人的一生意味着什么。爱我们的父母辈,都会先我们离去。但他们留给我们的温暖,会持续温暖我们的生命;溺爱所带给我们的剥夺与短缺,也会伴随我们的一生。

在人们眼中,安琪儿应该是幸福的,上大学了还有家人百般的宠爱,以及生活上无微不至的照顾。但冷暖自知。她写的短篇小说《以爱之名杀害我》,表现的正是家庭的爱对她的给予与剥夺。

好在,她明了一切。

但愿我们是最后在父母辈炽热的爱的捆绑中度过一生的人。

一松手就是一生

三十年前的寻人启事——失落的小太阳

琪奶反对我们带孩子下楼，带孩子出门，除了担心孩子受凉感冒，还担心意外事件。所以，她恨不得将孩子紧紧抱在怀里，攥在手心里，笼在家里，这样才觉得安全。这意外事件，就是指意外伤害，尤其是丢孩子。

从电视上、人们的闲谈中，常会听到丢孩子的事。有的孩子是走失后，再也找不到了；有的孩子明显是被人拐卖了；竟然还有公开抢孩子的案件。这样的事没发生在我身边，但仅仅想象一下孩子丢失带给一个家庭的灾难，就觉得难以承受。

"带好孩子，看好孩子，了不得呀！"琪奶常这样唠叨。我没敢告诉她，十几年前，我曾在超市差点把小安琪儿弄丢。那次真是万幸呀！

2018年，蹦蹦一岁半的时候，我偶然读到了毛寅的故事。

其实知道毛寅，是在我十四五岁时。

那年，我读初一。镇区刚刚东迁，新建的镇初中坐落在荒坡上，只有三排砖瓦房。那个课间，很多同学围在校门口墙垛子下看着什么，里三层外三层，我在人群外着急地转来转去，想知道人家都在看啥。

同班的史同学个子虽小，却向来机灵，他推来一辆自行车，飞身踩上车后座，不时低头给我们几个同班同学递话：

"寻人启事……"

"叫毛演……"

"一个小孩……"

"帮忙找到，奖励三万元。俺的天！三万元……"

他欢呼跳跃着说："不上学了！我们一起去找毛演！找到毛演就有钱了！"

"什么毛眼毛鼻子！上课去！"一老师突然出现，敲了他两记"栗疙瘩"，他伸伸舌头做个鬼脸，人群一哄而散。

我走在后面，趁机抬头瞥了一眼。那张寻人启事上印着一个小男孩的头像，小男孩名叫毛寅。

那时，我们还没学过"寅"这个字，山东秀才又爱念半边，史同学读成"演"也难免。而我能认识这个字，完全是因为我属虎，知道这个字跟我的属相有关。

我想：那个孩子是不是也属虎？放学后走过校门，仔细看了一下，果然，他出生于1986年。

我有些小得意。

倏然半生过去，2018年的一天，我上网查找唐伯虎唐寅的资料时，突然，"毛寅"这个名字像精灵一样从记忆的深海中钻了出来。

毛寅？寻人启事上那个小孩？我敲下搜索键。

原来，那个孩子仍没有找到。他的妈妈李静芝至今还在寻找他，已经找了整整三十年！

三十年前，毛寅与爸妈生活在西安西大街，爸妈有稳定的工作，一家人生活得很幸福。毛寅出生于1986年，故取名为寅，小名嘉嘉。他长得眉清目秀，白净可爱，且聪明活泼，是全家人的掌上宝。爸妈常带他出门玩，向东不远是钟楼，向西不远是城隍庙。每次出门，小毛寅都要喊："去钟楼了！去城隍庙了！"

1988年10月17日下午，爸爸从幼儿园接毛寅回家，路过朋友开的酒店，在酒店前厅给小毛寅倒水喝。水太热，爸爸用两个杯子倒来倒去降温，小毛寅则在爸爸身后跑着玩。仅一两分钟工夫，爸爸再回头，孩子不见了！

这一天，是小毛寅人生的分割点，也是全家人命运的分割点。幸福，美好，团圆，美满，平静，温暖……这所有原本属于他们家的词汇，所有本无悬念的人生预期，都突然断裂，折向反面。

那时，小毛寅两岁零八个月。

丢孩子的父母都有同样的感觉：心肝被活生生剜走了！为了寻找失去的小太阳，毛寅的爸妈走遍了全国，张贴了几十万份寻人启事，个中艰辛，可想而知。

世界上有很多痛苦，最痛苦的莫过于失去挚爱的亲人，真如被摘去了心肝。命运显出一副狰狞的脸孔，残忍地夺去了他们的挚爱，留给他们一个解不开的谜，让他们流着血泪去解。这谜底甚至可能终生无解。

倾家荡产，走过多少路，吃过多少苦，流过多少泪，希望一次次燃起，又一次次熄灭。孩子一天找不到，父母的心就一天不平静，时时都在痛。李静芝说，那种痛不是刀子刺伤的那种剧痛，而是像被钢锯反复拉扯的那种痛，且永不休止。

李静芝说：如果我能够，我宁愿死上十次，也不愿意经历这漫长的不知何时才能结束的灾难！

久寻未果后，丈夫和朋友劝她再生一个孩子，她说，谁也不能代替嘉嘉。

孩子的失踪，生活的巨变，影响了夫妻感情。五年后，这个原本和美的家庭，终于分崩离析。

李静芝独自一人继续寻找孩子。

三十年里，李静芝的足迹遍及全国，先后现场辨认了三百多个孩子。寻子路上，她为了能见到孩子辨认孩子，曾与买养孩子的家长周旋，受尽为难；曾与女伴夜宿野店，在极度恐惧中熬到天亮；在一个村庄，曾遭到几十名妇女围堵打骂……

即使这样，她也从没有过放弃的念头。她说：如果嘉嘉知道妈妈放弃了他，该有多么伤心。

这是一位痴心的母亲。

为了找到嘉嘉,她克服了原先公众场合不敢说话的弱点,勇敢地登上《等着我》《超级演说家》等电视节目,讲述自己的经历。尽管每一次讲述,伤口都再次被揭开,但她甘心。她说,多一个人知道,就多一份找到嘉嘉的希望。

2007年,她成为"宝贝回家寻子网"的专职志愿者,将余生献给反拐卖事业。这是她作为一个受害者,一个母亲,向贩卖人口这一罪恶的宣战,她要以战士的姿态去奋斗,拯救无数个像嘉嘉一样的孩子。

多年来,她先后帮助八十多个孩子找家,成功帮助十九个孩子找到了亲生父母。每每看到离散多年的亲人团聚抱头痛哭,李静芝总悲喜交集。虽然自己的嘉嘉没找到,但她很欣慰——她成了这些孩子共同的"妈妈"。

一场苦难让她脱胎换骨。几经生死,最终,她将痛苦升华为大爱。

三十年有多长?

三十年前的照片上,李静芝年轻美丽,正值芳华,怀抱小嘉嘉,母子开心的笑容汇成了天堂。三十年后,李静芝已经五十七岁,小嘉嘉也该三十二岁了。

三十年世事变迁,时间能改变太多东西,摧毁太多东西,唯独改变不了的,是亲情,是母爱。

那段时间,李静芝寻找爱子毛寅的视频,让我一次次淌下眼泪,伤恸难忍。我也是个母亲,两个孩子都是我的心头肉。失去哪个孩子,都会要了我的命。所以,对于李静芝的遭遇,我感同身受。

　　天下的母亲，心都是相通的。母亲的本能，让她们对同类的痛苦能够最大程度地感知到。

　　那段时间，在蹦蹦熟睡后的一个个静夜里，我一次次地想到毛寅，想到李静芝。

　　毛寅，我更愿意叫你嘉嘉，你在哪里？照片上，你是那么灵秀可爱。你本是一尾鱼，生活在那泓爱的水里，并将在西安那个都市长大，受到很好的教育，一生无忧无虑。但那天天降横祸，你像折翼的天使坠落人间，你的人生被强制改变了方向。

　　不敢想象，你是怎样被带走的，去了哪里？爸爸为你冷的那杯水没能喝到，你渴不渴？当你发现被骗走，小小的你该有多么恐惧？移地换境的迷茫害怕中，你怎样接受一个新的开始？那个天气越来越冷的秋冬，你穿在身上的妈妈织的那件绿毛衣还在吗……

　　那些拐骗你的人，购买你的人，会千方百计地抹去你的记忆。你终将认可那个新的家，新的环境，新的"爸妈"，新的名字。强大的命运面前，许多成年人都会低头认命，何况你一个弱小的孩子。然后，你会渐渐长大，长成一个与那环境同样颜色同样气味同样习惯的人，仿佛你的根原本就在那里。你根本不知道，世界的另一个角落曾有你的家；你根本不知道，电视上那个痛苦了一生的陌生女人，正是疼你爱你的亲生母亲。

　　长大后的你，潜意识中还埋藏着多少幼年的记忆？会不会在午夜梦回，遇见一个似曾相识的女人？她那慈爱的眼神，会不会唤醒你恍若前世的记忆？

电影《寻梦环游记》中说：终极的死亡，不是肉体的死亡，而是你被完全遗忘。

同样，在这个故事里，即使毛寅仍然活着，一旦亲人将其遗忘，"毛寅"将不复存在，活在世界一隅的将是完全陌生的另一个人。既然已忘记，亲人的痛感自然随之消失。

但，李静芝永不遗忘，她选择了痛苦，选择了艰难。她能拥有的，只剩那两年八个月温暖的记忆了。就是这段记忆，支撑着她的余生。为了拥有孩子，哪怕只能在记忆里拥有，她宁愿每天重复承受剜心挫骨、钢锯解体之痛。

这就是母亲哪！

我常常想到毛寅丢失的那"生死两分钟"。两分钟有多长，能让一个大活人不翼而飞，再也无处追寻？

我打开手机的时钟，设置两分钟倒计时，然后迅速往前走，上楼、下楼、拐弯，反复在小区里、办公楼和闹市区试验，吃惊地发现：两分钟时间，足以让一个孩子失踪！

而很多孩子，是父母在火车站、在闹市看了一会儿手机，或者吵了一会儿架，或者聊了一阵天，或者发了一阵呆的情况下，被人拐走的。2018年8月5日，一位母亲带着一对八岁的双胞胎女儿在青岛海滨沙滩上玩，母亲发了一个朋友圈的工夫，两个孩子溺亡了。发朋友圈，也许只有一两分钟的工夫，却导致了与两个宝贝女儿永诀，生活就此停驻。

这世上，有多少悲剧是在一两分钟甚至是一瞬间发生的啊。

真的要小心翼翼地呵护哇！好好地爱，好好地护，紧紧地拉着他（她）的小手，千万别松懈，别松开。因为，一松手，就可能在这茫茫人海中错失彼此，一松手就可能是漫长的一生啊！

不仅是跟孩子，与所有至爱亲人之间，莫不如此。

注：2020年5月18日，在历经三十二年之后，李静芝终于跟被拐的儿子毛寅（嘉嘉）相认。

你是我们的救世主

谁造就了谁？

蹦蹦出生后，我就告别了"安眠稳睡"，再没有过三两小时的囫囵觉，每天大部分时间不休不眠，还要照常上班。刚开始时是死命硬挺，不久就适应了，工作时依旧精神抖擞。

很意外：自己竟然这么能熬？

不仅如此，上班高负荷工作加下班不间断带娃，忙得喘不过气来，竟然一直没有感冒。难道再次生育提高了免疫力？

同学打电话问："这个年纪带娃，是不是累坏了？能撑得住吗？"

是啊，高龄生娃的艰难自不必说，高龄养娃的艰辛也可想而知。人到中年，父母已衰，幼子正幼，正应了我们当地的一句话"老的七八十，小的一生日"，真是不容易！

怀孕时，只有欣喜和期待，从不去想养娃的忙累。但生娃之后，就被忙和累包围了，无处可逃。以至于有的姐妹在生娃后不堪其累，恨恨地说："真恨不得将他（她）放回肚子里！"

话虽这么说，但带着娃的大人身体虽累，心里却无不充满快乐。有什么能赶得上眼看着孩子天天成长，天天有新变化呢！所以，虽然全家经常累得"人仰马翻"，但我们终究没有焦头，也没有烂额，反而很有精神头，懒人也变勤快了。

而这一切，都是拜孩子所赐。

安琪儿上高中时曾在给我的信中说："很多年前生了我，您长大了一点；现在生了弟弟，您会再长大一些的。"

诚如此言。

我必须变得更好。

孩子都是从天上来的，像天使一样美好。而我这个凡俗的女人，缺点太多，远远配不上孩子的美好。

我必须变得更好——东西用完，放回原处；吃完水果，及时扔垃圾；不发脾气，不急躁，做事有耐心；不拖拉，不拖延，日事日毕；讲究个人卫生，保持身体和服装整洁，保持家里整洁；有错误马上改正……因为这些事情，现在和将来我都会要求孩子做到。言教不如身教，自己先要百分之百做到，才有底气说别人！

早上，对蹦蹦说今天带他去湖边玩，没想到天色突变，黑云沉沉，雨马上要来了。于是，对蹦蹦解释，说今天不能陪他出去了，并且说明了原因。心里做好准备，如果他坚持要去湖边，那就让琪爸开车带我们去湖边，说什么也要兑现诺言，不让小小的他心生失望。

一直下决心远离手机，专心陪蹦蹦。但一次搂着他睡觉时，一手拿着手机看起来。猛然低头，蹦蹦一双黑亮的眸子正盯着我，那眸子亮而纯净，一直看进我的心里，好像能洞察一切。他当然没有任何的责备之意，但我羞得无地自容，忙收起手机。

琪爸也一样。

原先，他是个惰性很强的人，现在，他每天都抽空下楼锻炼身体。他说，要有一个好身体，将来，他才能带蹦蹦去踢足球，去打篮球，去做男孩子们喜欢的运动。

这个先前从不愿说普通话的人，现在，坚持操着一口带浓厚乡音的普通话跟蹦蹦说话。他说必须跟我一致，给蹦蹦创造一个普通话环境。虽然最后造成了"双语环境"（琪奶跟蹦蹦说当地方言，我和琪爸跟蹦蹦说普通话），但蹦蹦运用这两种语言很娴熟，且能自由切换。琪爸为孩子所做的改变和努力可见一斑。

甚至，琪爸开始关心新事物，新词汇，比如"人工智能"，比如"知识迭代"等。他说，他怕将来蹦蹦笑他"Out"。

琪爸一直是个过于传统，因循守旧的人，从电脑到手机，从QQ到微信，他都是磨磨蹭蹭被迫接受的。但现在，为了配得上孩子，为了将来跟得上孩子，他开始主动寻求改变。

琪爸说，他从小没得过什么大奖，这两个孩子是他获得的最大的奖。

他爱孩子，孩子是他的荣耀，是他的全部。他愿意为了孩子而改变。

也只有孩子有这样大的力量改变我们吧！

孩子带我们重新审视这个世界，重新走进生活，这时才发现世界与以往迥然不同，完全是一个全新的世界。

安琪儿小的时候，我带她去街上玩。步行街旁边，工人们正在挖坑，然后将跑步机、摇摆机等健身器材放进坑中，埋上。安琪儿说："呀，这里种了这么多好玩的东西啊！"——这，可不就像种树一样吗？这个"种"字，想来竟比安、埋等更加贴切。

带安琪儿在河边走，仰头看蓝天上白云飘荡。我说："安琪儿，天上是什么在动？"安琪儿说："那是白云阿姨在领着她的孩子散步呢。"可不是吗？那片大云，裹带着那片小云，那片小云，紧随着那片大云。那彼此依靠的亲昵样子，可不是我们娘俩牵手散步的样子吗？

孩子就是这样：将世界上所有的事物都赋予了别样的意义和生命，化腐朽为神奇，世界由成人眼中的单色调一下子变成了绚丽的万花筒。

蹦蹦喜欢躺在床上看天花板，看阳光映在墙上的闪烁光斑，并不断地说："妈妈，咱们上天花板上吃 man man（吃奶）吧。"

"怎么上去呢？"我问。

"妈妈抱着蹦蹦，飞上去，飞到阳光里。"

每天早上，蹦蹦醒来，都要让我抱着，或牵着他的手陪他走到客厅，看客厅里所有的东西醒来了没有，并逐个问我："沙发醒了吗？电视醒了吗？小汽车醒了吗？毛绒玩具醒了吗？蹦蹦的陀螺醒了吗？"如果我说没有醒，他就让我逐个"叫醒"它们——叫醒它们，才能陪蹦蹦玩呀。叫醒它们，我们全家才算都醒来了呀。

就是这样，在孩子的引领下，我进入了一个奇幻的童话世界。在这样的世界里，哪会有单调和乏味呢？

想想平日里成人世界的生活状态，那种厌倦，那无可逃避的平庸与世俗，或许，我们也该试着用孩子的视角去生活。

想起周国平的《妞妞》一书中，曾有一小节叫"孩子带引父母"：

> 我记下我看到的一个场景——
>
> 黄昏时刻一对夫妇带着他们的孩子在小河边玩，兴致勃勃地替孩子捕捞河里的蝌蚪。
>
> 我立即发现我的记述有问题。真相是——
>
> 黄昏时刻，一个孩子带着他的父母在小河边玩，教他们兴致勃勃地捕捞河里的蝌蚪。
>
> 像捉蝌蚪这类"无用"的事情，如果不是孩子带引，我们多半是不会去做的。我们久已生活在一个功利的世界里，只做"有用"的事情，而"有用"的事情是永远做不完的，哪里还有工夫和兴致去玩，去做"无用"的事情呢？直到孩子生下来了，在孩子的带引下，我们才重新回到那个早被遗忘的非功利的世界，心甘情愿地为了"无用"的事情而牺牲掉许多"有用"的事情。

有本育儿书叫《妈妈一定有办法》，作者一汀在其中说："我喜欢养育孩子，辛苦中孕育的巨大喜悦无与伦比。更可贵的是，在帮助孩子建构他的世界的同时，自我建构也拜孩儿所赐，得到修复和重建，无论是道德上，还是智力上。"从我和琪爸的亲身体验来看，确实如此。

只有孩子有这样的力量，能让父母重建自己的世界。若当年大宝不来，谁能让两个青稚的男女真正成为男人、女人？若现在二宝不来，谁能拯救我们油腻的中年？

是孩子，延缓了我们的衰老，将我们托举向上。

孩子，你慢慢来

给成长一份耐心，还岁月一份从容

当周围的同龄宝宝已经长了两颗、四颗甚至八颗小牙时，蹦蹦的小嘴里一直光秃秃的。他是十一个月时才萌出第一对小牙的。

当同龄宝宝早已能在大人搀扶下蹒跚走路时，蹦蹦正在床上学爬行。

几乎所有的成长节点，蹦蹦都比别人慢了半拍甚至一两拍。

但，我们不着急。排除了健康的因素，我们明白，每个孩子都有自己的成长速度和规律，何况，蹦蹦还早产了一个月呢。

成长的事不能着急，更不能拔苗助长、杀鸡取卵，就让他按照自己的节奏来吧。

弯腰扶着蹦蹦，一步一步，从南走到北，从东走到西，从客厅走到各个卧室。坐在爬行垫上，伸开双腿，将蹦蹦拢在一个安全的范围中，轻轻松开手，鼓励他站，鼓励他向前迈步。他小心地挪动双脚,朝着我摇摇摆摆快走几步,离我越来越近,猛地扑进我怀里,仿佛一艘风浪中颠簸跳跃的小船一下子进入港口,靠在岸边。成功了!也安全了!他欢喜得咯咯笑,明亮的笑意像要从他黑亮的眸子里溢出来。于是,再走远些,进行下一轮练习。就这样,蹦蹦越来越熟练,走得越来越好,直到有一天,不再需要搀扶。

蹦蹦用右手拇指和食指捏着一根细绳,左手拿着一块带有圆孔的"毛毛虫"积木,小心地将细绳穿过圆孔。因为判断不够准确,加之小手有些乱抖,细绳的头总是碰到圆孔的侧壁,碰这边,碰那边,一次,一次,又一次……

"不要了!不要了!"蹦蹦在原地快速地蹦跶,皱眉咧嘴,两手在桌上一划拉,将积木和细绳全都"扫"在地上,大哭起来。

"孩子,别着急。你把积木扔到地上,它们该有多疼啊,它们还想跟你玩,让你将它们串成毛毛虫呢。看,它们都哭了,快把它们捡起来吧。"我一手帮他捡,一手拍着他的背,抚摸着他的脑袋。

他安静下来。我两手分别握着他的两只小手,他的两只小手分别握着积木和细绳,我们又进行了一次努力。这样的练习不知尝试过多少次,失败了,再重新来,直到有一天他能自如地玩"毛毛虫"积木,也不再需要任何人的帮助了。

孩子在成长过程中,像青草和农作物生长一样,一点一点地发生着变化。

抱着他，扶着他，慢下来，卸下我作为成年人的一切经验与技能，重新做回孩子，加入他的节奏。慢慢走，慢慢说，慢慢唱，慢慢做，慢到像小蚂蚁走路，像小乌龟爬行。不，那些仍太快了。慢到，像缓缓下落的微尘，像接近静止的时间。

仿佛，我自己也变回了幼儿，与他一起重新成长一回。

不怕慢。慢，是生命生长的节奏，是大自然最原始的状态。而快，是拔苗助长的武断，是杀鸡取卵的野蛮，是急功近利的焦虑。

慢慢来，一直是我的理念。

能慢，并非我天生多么有耐心，而是童年的记忆太深刻。那些深埋的遥远记忆，都在我生育后被唤醒，浮现到眼前来。

我从小就是个性子很慢的孩子。

小学一年级，因为在班中年龄较小，脑袋也没有开窍，我成了班里最笨的学生之一。那时，完全是懵懂状态，什么都听不懂，学不会，一张张二三十分的试卷拿回家，一次次莫名其妙地挨揍，却浑然不明白到底是怎么回事。长大些后，回顾当时的情形，才知道自己当时根本就没听过课，也不会听别人说话。

老师指着一个算式，提问我："这个，等于几？"

"6？"我小心翼翼地瞅着她的脸说。

"7？"看她不语，我赶紧改口。

"是7吗？"她冷冷地看着我，眼神里尽是不屑。

"是……9？"我完全是在猜了，声音和双腿一起发抖，颤动的腿一下下摩擦着凳子。

"9你个头！"随着怒斥和掠过的风声，我的头挨了重重一教鞭，剧痛将我淹没了。

带着一张揉得又皱又脏的试卷，我往家走，走得很慢，恨不得路长一些，再长一些。因为，家里还有一场打骂在等着我。

在我幼时的农村，父母、老师打骂孩子，就像每天大大小小的农活一样平常。多少农村孩子，都一代代那样长大了，但在我心中，所有这些伤痛的细节，如刻进骨子里一样难以忘怀。

几年之后，经过留级，学习渐渐赶上来，并且能在班级名列前茅。除了因为年龄跟上、茅塞顿开外，还多了一份勤奋。因为，各方面看起来都不伶俐的我，除了用刻苦勤奋取得好成绩外，再没有什么能拿来证明自己了。

工作之后，也是如此。不论做什么工作，总认认真真，想拿出最好的业绩，不惜加班、熬夜。半生过去，有时，觉得自己很累，很累。

接触到现代心理学知识后，通过剖析自己才发现：原来，所有的症结，都可以追溯到幼时。——那个小女孩，很笨拙，很迟钝，很胆小，她害怕孤独，害怕被人抛弃，她恐惧周围的世界和一切人。于是，她一直努力表现，想引起大人的注意，想赢来一声夸赞。她一直很用功，很勤奋，很刻苦。她不怕吃苦，不怕受累，她不在乎自己的身体，不在乎自己的健康，不在乎自己的感受，只要能获得一声赞许，只要能挣来那份被肯定的荣耀。

现在的我，真想穿越时光，去拥抱那个小女孩，去爱护她，去安慰她，告诉她：你不笨，你是世上独一无二的！你不需要别人的认可，你就是世上最好的！

于是，当我成为母亲，成为可以决定孩子命运的大人，我不愿那一切在我的孩子身上重演。我不会嫌弃任何一个孩子的笨拙，只愿慢慢地等，等待孩子蹒跚的脚步赶上来，等待他自己的花期。

孩子，你慢慢来。用你自己的速度。迟早，你都能学会；迟早，你都会熟练；迟早，你都会明白；迟早，你都会长大。

等待着你的花期。

绽放，不是独立的。等待，原是你绽放的必经过程，是你绽放的前奏。爱你的花，爱你的果，也爱你的萌芽和凋落（包括沉睡）。这，才是真正的接纳与爱。

每一个孩子，都是独特的，都是完美的，都值得这样的等，都值得这样的爱。

早上，蹦蹦睁开眼后第一句话就是："妈妈抱抱……"

每个孩子，都渴望在妈妈怀抱里享受爱和温暖。

新闻中那个被妈妈殴打致死的孩子，临死前最后一句话也是——"妈妈，抱抱我……"

可那个被愤怒冲昏头脑，疯狂向他抡起棍棒的人，不是他的妈妈。生命最后一刻，他想唤醒这个女人的理智和良知，唤回自己真正的妈妈。

爱，特别是对幼子的爱，原是人的本能。可是，很多的爱，都被世俗的功利吞没了：父母想让孩子学习成绩更好，超过别人，出类拔萃，有喜人的成就，有美好的未来；希望孩子能像父母希望的那样去成长，能按父母的想法去发展……

他们忘记了，孩子一旦出生，就是独立的个体。他们有自己的速度和花期，有自己的人格，有自己的选择，有自己的人生，不是父母可以干涉的。

正如纪伯伦所说："你们的孩子并非你们的孩子，他们是生命对自身渴求的儿女；他们经你们而来却非因你们而来，虽和你们同在却不属于你们。你们可以给他们爱，却不可以给他们思想，因为他们有自己的思想。因为他们的灵魂，是在明日的宅中，那是你们在梦中也不能想见的。你们可以努力去模仿他们，却不可企图让他们来像你，因为生命不会倒行，也不会滞留于往昔。你们是弓，你们的孩子是被射出去的箭矢。"

爱中一旦掺杂了功利目的，那就不再是真正的爱，所谓的"为了孩子"，所谓的"望子成龙"，只是父母的功利心强加在孩子身上的延续而已。真正的爱，会尊重孩子不同的花期；真正的爱，能接纳孩子的缺陷。

一直以为，这个章节是写给二宝的，因为他正小，正值人生的"蹒跚学步"期。后来才发现，原来，慢慢来，也包括成年的大宝。

有时候，我也会为大宝焦虑。比如，当她假期回来熬夜、无节制地看手机、上午赖床不起，让我感觉她"无所事事"时，我会极度失望和焦虑。因为她的表现不符合我心目中"积极进取"的认知。

后来，才想明白：这岂不也是在拿自己的标准要求别人？大宝为什么一定要按我的预设去"进取"？如果她真的"不思进取"，选择另一种生活，我又能怎样？大宝的所思所想与进取方式，我知道吗？了解吗？

她已经二十多岁，她的成长我更不能拔苗。她有自己的生活，有自己的想法，有自己的节奏，也需要慢慢来。

成长是什么？它是一个从量变到质变的过程。历过千岩万转之后，回首一瞬，一切了然。

我们自己，何尝不是如此？

孩子们，在未来无数的日子里，我愿意陪你们慢慢地走，或者，注视着你们慢慢地走，走出你们自己的世界来。

终于分离

结语，或序章

蹦蹦断奶时，已是三岁。

安琪儿幼时，提倡早断奶，都说最迟一岁就要断，否则，对孩子成长不利。我奶水多，坚持给安琪儿吃到一岁三个多月，已是同时期宝妈中断奶最迟的了。

时隔多年，现在又提倡尽量多给孩子吃奶，多吃母乳利于孩子成长。有的说吃到两岁，有的说要自然离乳。

我不太明白，社会上那些说法（包括专家意见）为什么会变来变去，相去甚远。有时真让人难以辨别真伪。

给安琪儿断奶，是"断崖式"断奶，所承受的乳涨之苦至今仍心有余悸。好在当年安琪儿没哭没闹，回老家村子隔离了三天就断了。

现在，蹦蹦，这个老小，早产一个多月，来到世界就与我分离七天，所以，我一直想更多地爱他、补偿他，对他，我内心百般不舍。而哺乳，是我们母子连接的一种方式。

每个夜晚,他吃足了,偎依在我身边,睡得沉静而安恬。他的小脸那样清秀,眼睫毛那样长,额头饱满,小下巴精巧别致,小手小胳膊,小脚小腿小屁股,哪儿都可爱。看他,看不够,亲他,亲不够。这个可爱的生命,此刻,分明属于我。虽然内心明白,他不会永远属于我。可是此刻,我就是世界上最富有的人。此刻,我也是他生命中最重要的人。我们拥有彼此,也依赖彼此。我沉醉于此,觉得时光会在此永远停滞,我们相依共生的这种状态会永远持续。

此刻,我理解了琪奶,理解了她对琪爸的感情。当琪爸是个男婴时,他们的相爱,同于现在我跟蹦蹦的相爱,同于任何母子初见的相爱。后来,琪爸由男婴长成男人,长成中年男人,但母子俩依然相依相伴,难舍难离。

我也一样,舍不得分离。想到他会长大,迟早要离开我的怀抱,就有些心酸。

可是,我明明知道,分离是必然的。他必然会长大,必然会独立,必然会离开我,渐行渐远。这就是他的成长。作为母亲,应该欣慰,无须悲伤。

他渐渐长大了,能吃,能睡,能玩,活动能力超强。我上班,事务繁忙。哺乳,也渐渐显得有些多余。终于,断奶了。虽然他还有些馋,我也有些不舍,但很顺利,他没有哭闹,没有纠缠,仿佛小小的他,已明了一切。

终于,幼儿园开学的日子到了。小小的他,背上贴着自己的名字(入园前老师发的,为便于辨认孩子),东张西望,满脸好奇地走进幼儿园大门。没有哭闹,没有害怕。新世界给他更多的是欣喜和好奇。从此，他喜欢上了这种新生活。对他来说，幼儿园就是一个超大的游乐场，根本不需要去"适应"。而此前，他在家被禁锢太多，出门太少了。

分离，原来如此简单，如此自然。以前，是我的顾虑太多了。

即使孩子入园会哭，那也是件自然的事情。出生三年，一直跟爸妈在一起，不曾离开家，一旦分离，种种不适。分离，本身就是痛的。难怪每年秋天，幼儿园开学季，全国各地都会上演"哭戏"，娃大哭，爸妈小哭，连奶奶或姥姥也会心疼地哭。可是，孩子们终究会逐渐适应新环境，忘记分离的烦恼，忘记分离的委屈，一切都会被新的成长代替。

其实，大人，远不如孩子坚强和达观。

大人也需要成长。

为了成长，大人也需要分离。

终于有一天，开始考虑成年人之间的分离问题了。

结婚二十三年，除我们进城后到蹦蹦出生前的两三年外，我们一直跟琪奶住在一起，三代同堂。平时，我们上班，安琪儿上学，琪奶居家，一日三餐一起做饭一起吃，晚上琪奶看电视，我和琪爸各忙各的。有了蹦蹦后，琪奶帮忙带娃，很是辛苦。我们工作忙或加班时，家中有琪奶照看孩子，我们心里踏实，可以在单位专心地工作。三代同堂，一家五口，住在三居室的房子里，倒也其乐融融。直到有一天，这样的生活难以继续。

最突出的问题是蹦蹦的教育问题。每天琪奶追着喂饭，大小便时帮他脱裤穿裤；天色稍见阴云，稍微有风，琪奶就反对带他下楼，反对送他上学；琪奶反对我带孩子外出吃饭串门……孙子是他的心肝宝贝，她恨不得时时刻刻守护着，像一只尽责的老母鸡守护鸡娃一样。当然，琪爸、安琪儿也都是她的鸡娃。琪奶这位老母亲，对孩子们的痴情，不仅至老不减，反而随着她的渐老，而愈加执着。

于是，蹦蹦身上出现了一种奇怪的现象：在家时，他不会吃饭，不会喝水，连尿尿都需要别人帮忙，而且撒娇任性，一言不合就摔玩具、哭闹，甚至倒地打滚，成了一个让人头疼的"问题小孩"，可是，只要哪天单独跟我在一起，或跟随我外出，他就立刻变成了"另一个孩子"，自己吃饭，自己大小便，自己拿水杯喝水，说话也有礼貌，简直像长大了几岁。

同一个孩子，为什么会有两副截然相反的样子？答案显而易见。

安琪儿回家，看到四岁的弟弟被奶奶宠成这样，很愤然，对我说："妈，我弟迟早会被我奶养废了！将来，我弟被养废了，别指望我出钱出力！"

看她那愤慨的样子，我哭笑不得，最后，叹气。

我明白一切的因由，我也很想一步向前，在家庭和育儿中担起自己主角的职责，可是，无奈。

在《明朝那些事儿》中，有这样一段情节：

万历皇帝偶然临幸过的王宫女，虽然生下了皇子朱常洛，但一生凄惨，被丈夫冷落、宠妃迫害、奴才欺凌，长期被幽禁，最后哭瞎双眼，悲愤而终。临死前，终于得见儿子一面。知道自己的儿子虽历尽千辛万苦，终于平安成人，她悲欣交集。病榻上的她紧紧拉着儿子的衣角，说出了最后一句话："……儿长大如此，我死何恨！"

作者感叹说："在这个世界上，所有的爱都是为了相聚，只有母爱，是为了分离。"

这是一句让我（一个母亲）泪目的话。

纵然我低入尘埃，纵然我一生凄苦，纵然我万劫不复，可是，只要孩子你能平安活着，健康成长，一直向上，向着阳光走，那么，为母死也瞑目了。我愿用我的沉落，换来你的蓬勃。

因此，看你渐行渐远，我终究无憾。因为，离开我的世界，你终将拥有你的世界。

这就是母爱。

可是，琪奶的世界里没有分离。

一两年间，分离开始发生。

蹦蹦断奶，迈出分离的第一步；蹦蹦入园，迈出分离的又一步。

只有分离，才能成长。

这一年，因为娇惯，蹦蹦在幼儿园、家中都出现了不少让人头疼的问题，且问题越来越突出。分离已不可避免。我们在家附近考察房子，想另买一处房子与琪奶比邻而居，既便于照顾，彼此又都有独立空间，也便于蹦蹦成长。当然，过惯了三世同堂、早请示晚汇报的中国式家庭生活的我们，也需要独立和成长。而琪奶,这位典型的中国老人,也应该有自己的生活,学会享受生活。

中国式亲情,没有边界,家庭成员彼此胶着在一起,难以分割。要剥离出来,分出彼此,是会有些不适应,或有痛感的。可是,不分离,就永远得不到独立和成长。

这一点,安琪儿最理解。因为,她也想成长,想从我们家庭中独立出去,独立成长。

长大,独立,分离,如亭亭站立的两棵树,遥遥相望着,各自茁壮地做自己——那是最令我感到欣慰的人生愿景。

这一年,蹦蹦四岁,我四十六岁,我和蹦蹦各自都"奔五"了。

这是过去的终结,也是新生活的开始。

成长,万岁!

后记与尾声
生命记录及其他

这本书,由孕育开始,却不只是孕育笔记。

孕育,是女性独有的体验,而身为大龄女性,我对其的感受则更为特殊。爱写日记的我不遗巨细,点点滴滴地记录了自己生育二孩的前后过程。这份经历属于我自己,也属于我的孩子。

一直想把这段经历整理成书,以作纪念。

工作+带娃+上老下小,于是,习惯了小步奔跑,习惯了脚不沾地,学会了手脚并用,逼出了英勇无畏。书,就是在这间隙艰难成形的。

书名初定为"二孩时代",后更为现名。

有朋友说:你得立意高远,放眼全国,写出时代变迁,写得大气磅礴。

有朋友说:可以写成小说,编些故事,将来或许可以拍成影视剧呢。

有朋友说：你可以多写点科普知识，让读者从中受益。

可是，我不想写大时代，那离我太遥远；也不想写成小说故事，因为真实的生活原本也风景无限；也不想写成科普读物，因为，专业读物比比皆是，不是我这外行人能写的。

我只想写我自己，一个女人，一个四十二岁生二孩的女人，在"二孩时代"的个人经历。这些经历或曲折惊险，或平淡无奇，但都是真实的，它们属于普通的我。

不写时代，但我是时代洪流中的一滴水，我是参与者，是见证者，我的经历，自然折射了那个时代。

人，是在时代变迁中体验世事的；人，是在世事经历中不断成长的。女人更是如此。

由女孩，而为女人，是一个女性跨越升华的变化。

由女人，而为母亲，是一个女性脱胎换骨的变化。

天下女人概莫能外。

在体验病痛的过程中，我更加懂得了健康的可贵；在参与一个生命来到这个世界的过程中，我更加明白了生命的可贵。在由所谓"事业"而回归生活的过程中，我终于拨开虚幻，回到了生命的原初；在与生活厮打缠磨的过程中，我终于渐渐独立，渐渐长大。

也许，正因为经历过比男人更多的身心痛苦，女人才更加坚韧、包容、成熟和温暖。

我们都在此领受人生，也创造人生。苦过，累过，痛过，笑过，才不枉来过这一回。

在过去的四十多年里，我误闯红尘，一路懵懵懂懂，跌跌撞撞。曾一直以为岁月静好，走着，走着，才发现自己从未曾真正生活过。

　　两个孩子的到来，是我人生中的两个重大事件。他们先后从天而降，来到我的身边，唤醒沉睡的我，让我去看——看见自己，看见生活。

　　这本书，封存了过去的日子。我真正的人生，才刚刚开始。

　　感谢你们陪我前行。

（2021 年 1 月 28 日三稿）
（2021 年 10 月 1 日修订完成）

图书在版编目（CIP）数据

爱无止息：不只是孕育笔记／王海荣著. —济南：山东文艺出版社，2022.1
 ISBN 978-7-5329-6416-1

Ⅰ.①爱… Ⅱ.①王… Ⅲ.①随笔—作品集—中国—当代 Ⅳ.①I267.1

中国版本图书馆 CIP 数据核字（2021）第 147837 号

爱无止息：不只是孕育笔记
王海荣 著

主管单位	山东出版传媒股份有限公司
出版发行	山东文艺出版社
社 址	山东省济南市英雄山路 189 号
邮 编	250002
网 址	www.sdwypress.com

读者服务	0531-82098776（总编室）
	0531-82098775（市场营销部）
电子邮箱	sdwy@sdpress.com.cn

印 刷	山东新华印务有限公司
开 本	890 毫米×1240 毫米 1/32
印 张	8
字 数	150 千
版 次	2022 年 1 月第 1 版
印 次	2022 年 1 月第 1 次印刷
书 号	ISBN 978-7-5329-6416-1
定 价	42.00 元

版权专有，侵权必究。如有图书质量问题，请与出版社联系调换。